Bella Ciao Istanbul

Bella Ciao Istanbul

Pierre Fréha

Couverture : www.cptn.studio.com

© Éditions Most, 2021
www.mosteditions.com

ISBN 978-2-9602569-8-7

Dépôt légal : septembre 2021

Pierre Fréha

Bella Ciao Istanbul

Roman

most
éditions

Chacun de nous allait se laisser reconduire, sous bonne garde, dans l'enclos de sa foi obligée... Je suis né sur une planète, pas dans un pays.

Amin Maalouf, *Les désorientés*

1

J'ai la trouille. Ils sont capables de tout. Même ce type hier au téléphone, voix maîtrisée d'employé modèle aux ordres de ses supérieurs et de son pays, je suis sûr qu'il a enregistré la conversation pour mieux me confondre plus tard. Je m'attends dans les jours prochains à ce qu'ils débarquent chez moi à Fatih qui n'est autre que le district principal d'Istanbul. Istanbul ! Je crains qu'ils m'interrogent sur ce torrent de paroles rageuses que j'ai déversé contre eux. Que sont les pays sinon des prisons, ou des dictatures qui finissent par vous faire croire qu'ils sont votre meilleur ami ? J'en ai un dans le viseur qui cumule tous ces avantages.

Je me suis énervé. J'ai établi un parallèle inapproprié entre moi et les Grecs qui ont été expulsés d'Istanbul, j'ai mentionné aussi les Juifs et les Arméniens. Le type, stupéfait, est resté silencieux. Pas un mot.

Ils sont capables de représailles. Ils ont assassiné pour moins que ça. Leur justice a perdu son indépendance. Ils optent pour des procédures complexes qui vous envoient en prison pour délit d'opinion. Ils peuvent débarquer à 5 heures du matin pour vous interroger, non, cinq heures c'est un peu tôt. Ce sont des lève-tard (sauf cas avéré de crimes liés au terrorisme, alors ils ne dorment plus). Ils essayent de vous coincer pour défendre leur histoire collective. Pourquoi en sont-ils autant obsédés ? Chaque citoyen en est dépositaire, il détient une part de ce trésor symbolisé par le drapeau. La conséquence la plus manifeste ? Ils vivent en liberté surveillée.

J'ai peur. Dans certains pays on s'exaspère, on tempête mais on ne craint rien pour sa vie. On est libre de s'exprimer.

Qui êtes-vous pour penser autrement, menacent-ils ? Le patriotisme est leur religion, ils se servent de l'Invisible pour pousser leurs pions nationalistes. Le passé, à partir duquel ils échafaudent la théorie de leur puissance et de leur empire, est glorifié.

Je n'ai pas le moindre regret. Tout est parti d'un échange vif avec l'employé d'une compagnie aérienne. Ils ont refusé de me rembourser un billet d'avion. Ils annulent le vol quelques jours avant le départ, sans donner d'explications. Je reçois un message très sec. Débrouillez-vous, nous n'avons pas de solution pour vous. Je les appelle. Vous serez remboursé, ne vous inquiétez pas, d'ici un mois au plus tard.

Le délai dépassé, je les contacte à plusieurs reprises. Pourquoi ne payent-ils pas ? J'ai besoin de connaître la raison. Une escroquerie ? Rien d'impossible. Qu'est-ce que le pays veut me dire à travers leur refus de casquer ?

« Ça fait sept semaines maintenant. Quand allez-vous rembourser ?

— Je ne suis pas en mesure de vous le dire.

— Pourquoi ?

— Le dossier est en attente.

— En attente de quoi ? Vous avez annulé le vol, je n'y suis pour rien.

— C'est en cours.

— Je ne vous crois pas.

— Comme vous voulez.

— Ça fait quatre mois que vous faites fructifier l'argent que vous avez reçu de moi et de milliers d'autres passagers. Avec les taux d'intérêt dingues que votre pays produit, vous gagnez des millions sur notre dos. Bande de voleurs ! m'entendis-je lui dire. Hypocrites ! On entend le muezzin partout mais en douce vous faites vos sales coups. Vous avez volé des centaines de milliers de gens dans le passé, personne ne l'a oublié. Vous avez expulsé les Grecs à plusieurs reprises. Sans compter les Arméniens. Les Juifs ont été malins. Ils sont partis avant qu'on les chasse. Ceux qui sont restés ont dû vous verser un impôt immonde. Pourquoi vous ne répondez pas ? Je vais prendre un avocat.

— C'est votre droit.

— C'est tout ce que vous avez à dire ? Je vous annonce que je prends un avocat. Votre réponse : c'est mon droit. Et vos excuses, elles vont venir quand ? Vous vous êtes excusés d'avoir viré des gens de leurs maisons ? Jamais. Vous ne vous excusez jamais. Je connais des gens dont les parents ont été chassés du jour au lendemain. Tout ça parce que vous êtes en mal de légitimité. Vous avez conquis par la force. Et vous continuez. Même un billet d'avion, vous êtes trop orgueilleux pour le rembourser. Vous voulez être les maîtres du jeu. C'est un jeu ignoble ! Vous êtes ignobles ! »

À ma surprise il ne m'a pas raccroché au nez, au vu des procédures existantes dans les centres d'appel quand l'appelant dérape. Mon interlocuteur ne s'est pas départi de son calme, comme s'il voulait en savoir plus. J'ai été déstabilisé. Aurait-il essayé de m'amadouer, de m'aider à relativiser, je lui en aurais été gré, je lui aurais même peut-être donné raison. Je n'ai pas de certitudes, je suis prêt à discuter, à me remettre en question. Son silence me fait peur. Je lui ai demandé s'il allait faire remonter ma requête. Il a répondu bien sûr et depuis, plus rien. L'attente. Ici on ne plaisante pas avec les légendes nationalistes, on y croit dur comme fer. Et quand un personnage public dit le contraire, il se trouve toujours quelqu'un pour le tuer. C'est arrivé encore récemment. Heureusement que je ne suis pas célèbre ni connu. Si j'étais écrivain ou journaliste je risquerais ma peau. J'ai longtemps travaillé dans l'humanitaire. Quand la justice ne vous attaque pas, un fanatique le fait à sa place. Les fanatiques, le pays en produit à la pelle. En général ils ne perdent pas leur temps avec des gens comme moi, de petite condition. Sauf que je lui ai raconté un bobard comme quoi j'allais faire un papier sur eux dans la presse allemande. Qu'est-ce qui m'a pris de parler de la presse allemande ? J'ai voulu lui faire peur. Ici rien ne marche. On ne les impressionne pas facilement. Ils vous laissent vous enferrer. Quand le moment est venu, ils attaquent et prennent l'avantage. Ce sont des orfèvres. Ils sont méticuleux, pointus. La grâce et le sourire sont leurs meilleures armes.

Le pays d'où je viens, dont on vante la douceur, ne m'a pas préparé à affronter l'univers ottoman. Un Turc qui débarquerait en France pourrait dire la même chose dans l'autre sens, pas vrai ? Cette douceur française ne lui dirait rien qui vaille, il l'assimilerait à un poison.

Un partout.

Peut-être. Ce n'est pas à moi de le dire. Je me dédouble jusqu'à ne plus savoir où j'en suis.

« Autre chose que je peux faire pour vous ? »

J'ai raccroché sans lui répondre.

J'ai rappelé quelque temps plus tard. Je suis tombé sur le même gars. Le ton avait changé.

« Je n'ai rien de plus à ajouter par rapport à l'autre jour.

— Vous n'avez pas de nouvelles ?

— Aucune.

— Et ?

— Vous avez pris un avocat ?

— Ça ne vous regarde pas. Vous êtes un pays de voleurs et d'escrocs.

— Vous avez autre chose à dire ?

— Vous avez infligé des choses comme ça aux Arméniens, par exemple…

— Dans votre cas, si je peux me permettre, malgré vos obsessions, on ne peut pas dire qu'on cherche à vous exterminer.

— D'une certaine façon, si.

— Vous n'allez pas remonter à 1915, si ?

— Relisez vos livres d'histoire. Ah j'oubliais ! Ils n'en parlent pas, bien sûr.

— Ils n'en parlent pas.

— Et ça vous suffit ? »

Avant de raccrocher, je lui ai promis de rappeler jusqu'à ce que j'obtienne satisfaction. Il m'a dit : Avec plaisir. L'ironie, maintenant.

J'ai peur.

2

Avant d'aller plus loin, je dois préciser quelque chose sur mes origines. Qu'on ne m'impute pas je ne sais quel esprit de vengeance. Je ne suis pas Arménien ni Yézidi ni Juif ni Tsigane. Ni même Grec. Le sentiment d'être tout cela à la fois, je le ressens. Nul besoin de se définir ci ou ça pour faire partie d'une minorité. Dès lors qu'ici on n'appartient pas à la majorité, on est à l'écart. Mon statut ? Je le cherche depuis que j'ai pris la décision de vivre sur ces terres. Voilà deux ou trois ans que je glisse non sans élégance sur un terrain savonné. Je me sais toléré comme *Yabancı*, l'étranger. C'est un statut à part entière, entrée, plat et dessert. Une vocation qu'on vous attribue. On s'étonne un peu de votre présence, on irait jusqu'à l'apprécier, vous faites quoi chez nous, c'est parce que vous nous aimez ?

Je n'en suis plus si sûr. Je commence à comprendre qui vous êtes. Je suis tiraillé.

Dix jours plus tard, on a sonné chez moi, à Fatih. J'ai actionné le verrou de sécurité avant d'appuyer sur la poignée de la porte. J'ai aperçu dans l'entrebâillement deux hommes d'âge moyen. Ils ont prononcé mon nom puis demandé à me parler.

« Que voulez-vous ?

— On peut entrer ? »

J'ai refermé puis dégagé la sécurité. Ils ont avancé dans l'entrée. Avec leurs jeans et ventres rebondis ils avaient l'air de parfaits livreurs. Je ne les ai pas invités à aller plus loin. Ils ont sorti leur carte de policiers.

Les civilités ont été balayées. Ils sont allés droit au but.

Tentative de porter atteinte à l'intégrité de l'État. Appartenance à un groupe terroriste. J'ai eu droit à la totale.

« Je n'appartiens à aucun groupe. Je suis un indépendant.

— Que voulez-vous dire ?

— Je n'habite ici que depuis deux ans environ. Je n'exerce aucune activité.

— C'est ce que vous voulez dire par indépendant ?

— Oui.

— La conversation que vous avez eue, le mois dernier, avec un employé d'une compagnie aérienne a été transmise à sa hiérarchie…

— Pourquoi ? »

J'avais vu juste. Comment est-il possible que je les connaisse si bien ?

« Compte tenu de la gravité de ce que vous avez dit, elle a décidé de nous contacter.

— Je n'ai rien dit de particulier. Vous voulez vous asseoir ? »

Il était quatorze heures. Avec la pénombre je discernais mal le visage de mon interlocuteur. L'autre tournait sa tête dans tous les sens alors que dans l'entrée il n'y a aucun meuble, rien à regarder.

« Nous avons la transcription, mot pour mot, de ce que vous avez affirmé. Vous voulez la voir ?

— Elle est en turc ?

— Oui.

— Je ne le comprends pas suffisamment.

— Ce sont des accusations graves. Et même des menaces que vous avez proférées. Nous pourrions vous demander de nous suivre.

— Je regrette, dis-je platement.

— C'est un avertissement. Votre carte de séjour arrive bientôt à expiration. Soyez sûr que nous regarderons de près avant de prendre une décision de renouvellement ».

Tout ça c'est du vent, pensai-je pour me rassurer, une froide intimidation de routine. Ils ne laissent rien au hasard, c'est tout, ils fouillent dans tous les sens, à la recherche du moindre indice. Ce sont des besogneux. Ils se tuent au travail, tout ça pour en arriver à devenir une des nations les plus détestées et incomprises au monde. Quand s'en remettront-ils de ne plus être un empire, mais un pays comme les autres qui essaye de s'en sortir ?

« Je ne retire rien de ce que j'ai dit à l'employé », fis-je par provocation, en serrant les dents.

Pris d'un léger vertige, je me suis appuyé contre le mur.

« Je ne vais pas vous dire autre chose maintenant que vous êtes là.

— Vos propos ne reposent sur rien ».

Dans l'ensemble je les ai sentis déçus. Ils s'attendaient à découvrir un colosse de deux mètres, ou une bande d'individus louches. Ils ont en face d'eux un type chétif, plutôt petit, dans la quarantaine, un brin apathique, pas aussi rondelet qu'eux. Je décèle, y compris dans leur gestuelle, une sorte de volonté d'en rester là, comme s'ils étaient rassurés. Je ne semble pas être une menace immédiate pour le pays.

« Mes tripes savent.

— Vos tripes ? Vous vous faites des idées, *abi*. Nous luttons contre la propagande terroriste et les écrits erronés qui visent à fausser la perception qu'on a de notre pays ».

C'est bien ce que je pensais. Il n'existe pour eux qu'un seul point de vue acceptable. De quelle perception parle-t-il ? Seuls les touristes défendent la Turquie. Ils se repaissent de ses monuments, de ses simits, de ses mosquées, de ses bazars et de son Bosphore. Les autres s'interrogent.

Depuis que je vis ici à plein temps, j'ai rejoint la cohorte des inquiets. La confiance que j'avais dans le pays a disparu. Qui sont ces gens qui incarcèrent à tour de bras hommes et femmes pour délits d'opinion puis les libèrent avant de les remettre en prison une semaine plus tard sous un nouveau prétexte ? La cruauté est aveu de faiblesse. Ils s'acharnent sur des gens dont le seul crime est de penser. Quel gain espèrent-ils sur la scène internationale ? Est-ce pour faire peur à leurs propres concitoyens ? Istanbul dégage une impression de liberté et parfois de gaieté, une gaieté un peu grave. Et derrière la façade ? Ce sont des siècles et des siècles d'histoire qui ne s'échangent pas. On n'y comprend rien, entre les Grecs expulsés et ceux qui sont partis d'eux-mêmes. En ce qui me concerne, je commence à songer à déménager. Dans la mesure où ils me laisseront le temps de préparer ma sortie, je dresse dans ma tête la liste de ce qui partira avec moi et de ce que je laisserai sur place. Il ne s'agit pas que de choses matérielles. Chaque matin je m'interroge. Ce miroir aux bords dorés, d'un vague style Second Empire, je leur laisse ou je l'emporte ? À Istanbul les antiquités venues de France ont la cote.

Leur visite n'a pas excédé les dix minutes. Ils étaient pressés. D'autres Européens dans le viseur ? J'ai failli leur demander qui était le prochain sur la liste.

Sans perdre de temps j'ai aussitôt rappelé la compagnie. Qu'est-ce qu'ils s'imaginent ? Que j'ai peur ? Que je vais leur abandonner l'argent qu'ils me doivent, ces escrocs ? Je suis tombé sur une voix que je ne connaissais pas.

« Mon nom est Danilo. Vous avez un dossier de remboursement à ce nom. Vous trouvez ? Passez-moi, s'il vous plaît, la personne avec laquelle je me suis déjà entretenu ».

Je ne me suis pas démonté.

« Monsieur Danilo ? Ne quittez pas ».

Danilo c'est juste mon prénom mais ici ça suffit. Pas besoin de leur dire le nom de famille. Je m'appelle Danilo Brankovic. Ma nationalité est française. Je suis d'origine serbe.

Longue attente. Murmures. Finalement je reconnais la voix de mon persécuteur.

« Vous êtes Danilo ?

— C'est vous qui les avez prévenus ? Qu'est-ce qui vous a pris ? Ils viennent juste de partir.

— En quoi puis-je vous aider ?

— C'est vraiment moche.

— En quoi puis-je vous aider ?

— En rien ».

Il y eut un silence.

« Pourquoi toute cette méchanceté de votre part, monsieur Danilo ? Je ne fais que mon métier.

— Votre métier ? Prévenir vos supérieurs qui appellent la police ? D'abord je ne suis pas méchant. Vous vous trompez encore une fois ».

3

Moins d'une semaine plus tard, je tombai dans la presse locale sur cet entrefilet : « La compagnie Atlasglobal a déposé son bilan, ont annoncé vendredi les autorités aériennes. L'entreprise, qui n'a pas confirmé l'information, a cloué au sol tous ses avions. Ça faisait un certain temps déjà que la compagnie rencontrait des problèmes financiers. Elle aurait notamment souffert des attentats en Turquie en 2015 et 2016 et des soubresauts de la lire turque. En novembre, l'entreprise avait annulé tous ses vols avant de les reprendre fin décembre. Les spéculations sur une faillite imminente couraient depuis une semaine. Atlasglobal vole avec 25 avions vers des destinations nationales et étrangères ».

J'en sais quelque chose, qu'elle vole vers des destinations étrangères. Crapules ! Ils se sont mis en faillite pour ne pas rembourser leurs dettes.

Je tâchai à nouveau de les joindre. Aucun des deux numéros ne répondait. Je me précipitai sur le site web. Plus de site web. Disparu dans la galaxie numérique. L'application mobile ne fonctionnait plus. Ils avaient agi dans la précipitation. Qu'est-ce que ça cachait ? Le personnel avait été mis au chômage ? Un sentiment de culpabilité me saisit. Je pensai au gars que j'avais rembarré. Le pauvre mec se retrouvait sur le carreau, sans revenus, sans doute licencié. Ici ça ne pardonne pas.

Je me repris. Non, je n'y suis pour rien. Non, me dis-je quelques minutes plus tard. Non, pas du tout, il s'est fait bien voir de sa hiérarchie en me dénonçant, ils vont le recaser. J'aurais tort de m'inquiéter pour lui. Qu'il goûte à la précarité, ça lui donnera de quoi réfléchir. Il a fait ce que personne n'aurait osé commettre dans la majorité des pays que je connais.

Au même moment j'appris qu'un des activistes du mouvement libertaire du parc Gezi en 2013 avait été acquitté. Je l'avais rencontré à l'époque. Quelques jours plus tard, il a été remis en prison par un deuxième juge après le dessaisissement du premier par la justice, cette fois à cause de la tentative de coup d'état manqué en 2016. Quel système, me dis-je. D'abord on met le paquet sur l'insurrection de Gezi et, si ça ne marche pas auprès d'un juge, on tente l'autre affaire de la décennie, la tentative de renversement du régime par on ne sait trop qui. On est sûr d'arriver à ses fins et de semer la peur. Ici comme ailleurs, l'État est la plus grande source de terreur qui soit.

Il n'y a aucun lien entre les deux affaires. Elles parviennent à ma connaissance la même semaine, c'est tout. La visite des deux officiers de police au ventre rebondi a provoqué en moi une anxiété folle. J'ai été incapable de sortir et de me nourrir normalement pendant deux jours.

Je n'ai pas été inquiété, c'est vrai. Mais la procédure qui a conduit à leur venue chez moi m'obsède. Je n'ai jamais auparavant vécu une telle expérience d'intimidation. Ça ne me calme pas du tout, au contraire. J'ai envie de les provoquer comme on provoque ceux qu'on aime ou qu'on déteste, de les insulter, leur cracher au visage, leur rappeler qu'ils ont colonisé un territoire en chassant peu à peu ses premiers occupants. Le point commun entre les deux affaires ? On ne peut faire confiance à personne dans ce pays, pas plus les juges que les compagnies d'aviation. On tire de vous tout ce qu'on peut.

Je décidai, le même jour, de me rendre au siège de la compagnie aérienne qui avait soi-disant fait faillite. Je voulais en avoir le cœur net. Je pris trois bus coup sur coup et débarquai dans un quartier miteux à souhait. Tiens, celui-là, me dis-je, les touristes regarderont à deux fois avant d'y mettre les pieds et de l'encenser. Ville d'extrêmes ! Soixante-dix pour cent de la mégapole ressemble à un bout de chiffon froissé, moitié synthétique moitié coton. Disgracieuse, surpeuplée, moche. Les trente pour cent qui restent font à juste titre le bonheur des visiteurs. J'exclus le Bosphore dans les pourcentages, il n'appartient à aucune nation, il départage l'Europe d'un côté, l'Asie de l'autre. Lui, il s'en fout. Il se fout d'être un passage stratégique. Sa beauté absolue exclut tout calcul. Les dauphins le fréquentent depuis des millions d'années, bien avant les humains. Je vis un attroupement devant le siège de la compagnie. Une vingtaine de personnes attendait devant les grilles fermées.

« Vous avez été mis à pied, dis-je à une jeune femme brune aux longs cheveux qui se tenait à l'écart du groupe.

— Exact.

— Je suis au courant ».

Elle parut surprise.

« Merci de nous soutenir.

— Ce n'est pas vraiment ce qui motive ma venue.

— Non ?

— Je suis Danilo, annonçai-je un peu comme si le monde entier avait entendu parler de moi.

— Enchanté, Danilo. Je suis Antuanet.

— Eh bien... »

Je fus interrompu par un Oh ! retentissant juste dans mon dos.

« C'est vous !

— Oui, c'est moi, Danilo, fis-je très remonté. Que se passe-t-il ?

— Vous êtes Danilo ? »

Je tournai la tête et aperçus un homme d'une vingtaine d'années, cheveux courts, barbe bien taillée, un visage enfantin masqué par de grosses lunettes de vue.

« C'est vous ?

— Que voulez-vous dire ?

— C'est vous qui m'avez dénoncé ?

— Non.

— Alors pourquoi mon nom vous étonne-t-il ?

— Il a fait le tour de la compagnie.

— Je ne suis pas le seul que vous avez roulé dans la farine. Il y a des milliers de passagers qui…

— Vous êtes le seul à avoir comparé votre sort à celui des Grecs qui ont été expulsés. Ça nous a bien fait rire. Nous avons fait faillite.

— J'ai lu ça dans les gazettes.

— Nous attendons que la direction nous reçoive.

— Et celui qui m'a dénoncé, il est où ? » dis-je d'une voix ferme et menaçante.

Nous formions à présent un groupe de quatre personnes. Deux autres employés assistaient à l'échange.

Le jeune barbu sourit.

« Il fait partie de la direction. Il ne risque pas d'être avec nous. Vous n'avez pas eu de chance de tomber sur lui. Il passe de temps en temps dans la salle des appels pour voir comment nous répondons aux clients. Ce jour-là, il s'est installé à une console. Vous seriez tombé sur moi ou sur Antuanet, il ne vous serait rien arrivé. Je m'appelle Hakan ».

Tout ému, je racontai la visite de la semaine passée. Et l'angoisse dans laquelle je vivais depuis.

« Nous sommes désolés ! s'écria Antuanet. Vous n'avez pas eu de chance. Ne vous en faites pas. Ils ont peur de tout ! Ils voient des terroristes et des espions partout.

— Vous vous en êtes bien sorti, reprit Hakan.

— Vous trouvez ? Moi pas. Ils ont dit qu'ils ne renouvelleraient pas ma carte de séjour. Et si je commets la moindre infraction, ou si je dis un truc qui leur déplaît, ils m'expulseront ».

Il me regarda avec stupeur. « Pourquoi commettriez-vous une infraction ? »

Je haussai les épaules.

« Mais non, je disais ça comme ça. Je veux dire, ils m'ont à l'œil à cause de votre collègue. Je suis venu pour m'expliquer avec lui. J'ai peur qu'ils reviennent ».

4

« Vous croyez que j'ai une chance de récupérer mon argent ?

— Qu'est-ce que vous êtes pingre ! s'exclama Hakan. Vous avez perdu un aller-retour Londres-Istanbul. On est une compagnie pas chère. C'est pour ça qu'on a fait faillite.

— C'est à cause de moi, en somme ? »

Nous étions attablés dans un troquet à proximité du siège de feu Atlasglobal, en train de siroter du thé. Un boui-boui comme la Turquie les adore, et moi autant. De ces lieux précaires et pas sophistiqués qui reposent l'esprit.

« Je vous assure que j'ai peur, repris-je réconforté par la présence de mes nouveaux amis. Devant eux j'ai fait face.

— Quel genre c'était ?

— Quarantaine, enveloppés, mal habillés. Pas hyper malins.

— Moins ils sont malins plus vous devez les craindre.

— Merci de me rassurer ».

Antuanet enchaîna : « On les connaît, c'est tout. Désolé de vous le dire ».

Hakan était silencieux.

« Vous avez peur de quoi ? reprit-elle.

— Qu'ils me jettent en prison.

— Vous ne correspondez en rien à ce qu'ils recherchent. Vous avez dit que vous étiez Français. Qu'est-ce que vous voulez qu'ils fassent de vous ? Ils ne vont pas se compliquer. Ça ne leur apporterait rien. Ils ont autre chose à faire. Ils ne manquent pas d'ennemis, presque toujours des citoyens turcs.

— Je peux continuer à dire ce que je pense alors ?

— Ça dépend avec qui. Pas au téléphone. Et pas dans les administrations publiques.

— J'aimerais convaincre que quelque chose ne va pas.

— Bon courage ».

Hakan sortit de son silence. « Pourquoi pensez-vous toutes ces choses négatives ?

— Pourquoi dites-vous négatives ? C'est le contraire. Je ne sais pas. Elles me viennent. Pendant plusieurs années je n'ai rien vu, rien compris. J'étais aveuglé. On fait tout pour que vous restiez dans l'obscurité.

— C'est pareil partout, coupa Antuanet.

— Peut-être. Un jour, vous commencez à comprendre. Et là, vous avez envie de hurler.

— Oui ? dit Antuanet.

— Pas moi, fit Hakan. Ça m'est complètement étranger.

— Tant mieux pour toi. La vie doit être plus facile. Moi, je suis souvent en colère.

— Vous cherchez la petite bête, c'est pour ça.

— La petite bête ? »

Hakan me plaisait bien. Ses interventions, ses silences. Et surtout, soyons honnête, sa moustache en guidon dont il triturait les extrémités en les pointant vers le haut. Antuanet aussi, me plaisait. Elle était cash, sans excès. J'ai peut-être enfin trouvé, me dis-je en déambulant dans le café à la recherche des toilettes, des gens ici que je vais considérer comme des amis. Il serait temps. Ne perdons pas espoir. Ça commence à suffire, la solitude. Ne rien partager alors qu'on est déraciné, ça va jusqu'à un certain point. La communauté des expats m'a déçu. Mélange hétéroclite où le chacun pour soi, le sauve-qui-peut prévalent. On a besoin de s'enraciner avec des locaux, pas des pièces rapportées d'ailleurs qui ne révèlent jamais les vraies raisons de leur expatriation qui pourraient être embarrassantes. La franchise n'est pas la qualité principale des nouveaux venus. L'enjeu est de taille. Le pays profond, le pays d'origine, agit par en-dessous, de façon lancinante. Pour le contrer on se plonge tête baissée dans le nouveau territoire, on joue au converti. On est plus turc que les Turcs eux-mêmes. J'ai rencontré de tels spécimens. Par intuition je n'ai pas cherché à m'en faire des amis.

Je retournai dans la pièce où se tenaient mes camarades sur des tabourets.

« Hakan, lui dis-je, j'aime beaucoup ta moustache.

— Merci ».

On se sépara peu après. Au moment des adieux j'eus un doute. Voulaient-ils vraiment me revoir ? À quoi pouvais-je leur servir ? Est-on toujours mal-aimé dans un pays où l'on émigre ?

« Quels sont vos projets ?

— Nous battre pour obtenir des indemnités. Nous n'avons plus de travail, reprit Antuanet.

— Vous allez chercher dans quoi ?

— Un call center quelconque.

— Toi aussi, Hakan ?

— Je ne sais pas encore ».

Je pris un autre chemin pour rentrer à Fatih. Je me perdis et arrivai près de chez moi en début de soirée. Je croisai un petit camion conduit par un homme que je ne reconnus pas tout de suite.

Ça me revient. Il vend des tomates et des oignons (parfois des aubergines, mais pas de fruits) à l'arrière et s'arrête plus ou moins longuement dans les rues du quartier en hurlant le nom de tous les légumes qu'il propose à la vente. C'est saoulant, à la longue. D'autres tirent des carrioles légères, font halte entre deux voitures et, sous le regard des chats du quartier à l'affut, qui attendent patiemment quelques chutes de découpe de poisson, ils vous préparent filets de dorade ou de carrelet. Mon statut d'étranger, je l'avais remarqué, excitait le marchand de légumes. Il m'entreprenait là-dessus au moindre prétexte fourni par l'actualité. Il m'aurait fallu être un félin pour qu'il me laisse tranquille. Je ressentais son harcèlement.

J'avais fini par l'éviter. Cette fois, coincé dans une rue minuscule, je ne pus lui échapper. Dès qu'il me reconnut, il m'adressa un sourire carnassier qui n'annonçait rien de bon. Il haussa les sourcils pour me préparer à ses rebuffades.

Tout d'abord je ne compris pas quel était aujourd'hui le sujet de la conversation. Nous étions au tout début du mois de février. Ma déplorable oreille détecta le mot Chine et un autre : coronavirus. Son air interrogatif semblait appeler de ma part à une mise au point, comme si mon physique d'Européen ne suffisait pas à le rassurer. Avec une rage que je masquai d'un sourire hypocrite, je lui rappelai que j'étais Français, l'épidémie frappait la Chine. Il acquiesça. Le mot Français le renvoya à autre chose. « Macron ? » fit-il en prononçant la dernière lettre du nom. Il était urgent que je l'arrête. « Oui, c'est ça ». Je fis un pas sur le côté pour signifier que je n'irais pas plus loin avec lui aujourd'hui. Il sembla déçu. Je repris mon chemin après un bref salut. Je flaire sa fierté d'être Turc, je hume sa certitude que a) la terre entière en veut à la Turquie, b) le monde ne devrait pas être autre chose que turc, et tout irait bien.

Après avoir été rappelé que j'étais potentiellement porteur d'un virus par mon statut d'étranger, je m'endormis du sommeil du juste. La bêtise a ceci d'avantageux qu'elle vous rend aussitôt, par contraste, plus intelligent.

5

« Danilo ? »

Ça recommençait. Que me voulait-on encore ? Avoir par erreur insulté la Turquie allait me poursuivre jusqu'à quand ?

« J'ai un colis pour vous ».

Juste un livreur. Maşallah ! Miracle de Dieu ! J'avais passé commande de quelques produits biologiques. Fruits et légumes arrivaient parfois à moitié pourris, preuve que la came n'avait subi aucun traitement. Cette fois, ça allait. J'avais pris un autre risque : la commande d'un poulet. Dès que j'aperçus le paquet transparent que me tendit le livreur, je formai les plus gros doutes.

« Pas très charnue, la volaille, lui dis-je.

— Garantie organique. Pas d'antibiotiques.

— Il a la peau sur les os, ce poulet. On mange quoi, là-dedans ?

— Vous m'en direz des nouvelles, répliqua-t-il en reculant. Bonne journée, monsieur Danilo ».

Je mis le volatile dans la cocote. La cuisson pendant plus d'une heure n'eut aucun effet sur lui. Quand je piquai sa chair pour vérifier si elle se ramollissait, le couteau ressortit difficilement, la bête ne parvenait pas à cuire. C'était ce qu'ils appelaient un poulet bio. Une bestiole vieillissante qu'on avait oubliée dans un coin. Impossible de savoir si elle avait couru, ce qu'elle avait fait de sa vie. Quelle maigreur ! Ma première réaction en découvrant dans la casserole la pauvre bête ratatinée fut la stupeur. Biologique ? Tout dépendait du sens qu'on donnait aux mots. La probabilité que je m'étais fait avoir était réelle.

J'avais invité Hakan à déjeuner. Il arriva pile à l'heure.

« J'ai une mauvaise nouvelle.

— Les policiers sont revenus ? »

Je me mis à rire.

« Le poulet bio made in Turkey n'arrive pas à cuire.

— Bio ? fit-il comme si le mot lui était inconnu.

— C'est ce qu'ils prétendent, en tout cas. Si c'est immangeable nous sortirons », proposai-je.

On but de l'ayran comme apéritif, un yaourt rallongé d'eau. Il déclina mon offre de bière et de whisky. Je disposai quelques olives et amandes grillées.

« L'apéro à la française. »

Je récupérai la volaille. Dodue ? Pas vraiment. J'eus du mal à découper.

« Bon appétit ».

Je déposai dans son assiette la pire cuisse de poulet que j'ai vue à ce jour dans ma vie. Au moins, le volatile avait vécu.

« Mieux vaut être végétarien », dis-je.

Il planta sa fourchette et son couteau et coupa tant bien que mal un morceau.

« Alors ?

— Coriace.

— Mangeable ?

— Oui, répondit-il poliment.

— Franchement y'a de l'abus, m'écriai-je après avoir avalé une bouchée. Pauvre bête ».

Je lui avais promis que nous sortirions. On descendit à Balat par un raccourci, un vieux chemin où l'on aperçut un poney attaché à une longue corde. Au cœur de la mégapole le vieux quartier de Balat, à flanc de coteau, a conservé l'âme d'un village. La vue sur la Corne d'Or est spectaculaire. D'anciennes fermes ont été transformées en jardins de thé ici et là. Le chemin du marchand de pastrami, rappel du temps où la communauté juive venue d'Espagne s'était installée à Constantinople, continuait à me faire rêver. On y croisait poules et chats errants, et quelques rares passants. L'endroit, isolé, attirait les gens un peu louches, ou les nostalgiques. Les jeunes couples venaient parfois aussi s'asseoir sur les marches pour être tranquilles. D'autres venaient pour y fumer un joint.

« Bel endroit, s'écria Hakan.

— N'est-ce pas, fis-je en quasi-propriétaire des lieux. Malheureusement on s'en lasse.

— Tu n'es jamais content.

— J'ai besoin de nouveauté. C'est normal de se lasser, non ? Un chemin seul ne peut pas structurer tout un quartier. Ils ne font rien pour faire revivre le passé en dehors de ces quelques mètres. Ce n'est pas suffisant ».

Village de Balat. Quand les visiteurs venus d'autres quartiers d'Istanbul débarquent, ils ne cachent pas leur surprise. Malgré les tentatives de restructuration des lieux pour en balayer l'histoire au bulldozer, les islamo-conservateurs au pouvoir n'ont pas réussi à effacer Constantinople des consciences. Pas moins de quatre églises, grecques et arméniennes, deux synagogues, l'une abandonnée, l'autre désaffectée, en cours de restauration, racontent le passé.

« Tu ne connaissais pas ?

— À peine. J'y suis venu une fois avec mon école quand j'étais petit.

— La tradition multiethnique fleurissait. C'était Constantinople.

— Je vois.

— L'État, ou l'Empire, ne se confondait pas avec la nation.

— Je vois », répéta-t-il.

Hakan va dire que je cherche la petite bête. Je la cherche. Cette purification ethnique, passée inaperçue, s'oppose au rêve d'un monde unifié. S'ils avaient pu détruire tout ce qui rappelait l'autre monde, ils l'auraient fait. Ils ont procédé autrement. Avec méthode et entêtement. À force de ne pas entretenir les bâtiments, de ne donner aucune explication aux populations maintenues dans l'ignorance, on engendre l'oubli. On parvient à vivre sur des ruines. La mémoire collective a été brûlée. Le quartier de Balat a-t-il vécu pendant des siècles sous d'autres maîtres et d'autres dieux ? Tous les signes les plus visibles, croix, ornements religieux, ont été effacés. On a dressé de hauts murs infranchissables pour cacher les ruines d'églises et de synagogues. Il n'en reste à peu près rien. De sorte que les habitants actuels ne rencontrent aucune difficulté à ignorer le passé de leur ville et de leur quartier. On les y encourage par omission de mémoire. Ces bâtiments qui se rattachent à une religion qui n'est plus la leur sont voués à la destruction définitive. Gommer le passé, le faire oublier. Tuer la mémoire collective.

On ne peut pas supprimer les fantômes, dis-je à Hakan. Ils surgissent des pierres, du pastrami, des troncs d'arbre, du chant des coqs, des feuilles d'un vieux figuier, d'un mur délabré qui appelle à l'aide.

J'en glissai encore deux mots à mon ami. Il me regarda en se demandant ce que j'avais en tête. Je n'insistai pas. À force d'essayer de convaincre on s'épuise.

6

« Non, répondis-je à Hakan. Danilo n'est pas un prénom français. Je suis Serbe par mon père.

— Serbe ?

— Oui.

— Ça faisait partie de notre Empire.

— Cinq cents ans. On a fini par se débarrasser de vous ».

Je souris pour qu'il n'imagine pas que je parlais sérieusement, alors qu'en réalité je ne faisais preuve d'aucun humour.

« Et maintenant, tu vis à Istanbul ?

— Depuis quelques années.

— Un projet de vie ?

— À peu près. Mais il prend fin. Tu as connu Gezi ?

— À peine. J'ai suivi les événements à la télé.

— J'y ai participé, dis-je sans m'étendre.

— Et la Serbie ?

— J'y vais quelquefois ».

Le serveur déposa deux petits cafés accompagnés de loukoums.

« Ils font un très bon café turc, eux aussi.

— Les Serbes ?

— Ils l'appellent café du pays. Le nom change. C'est celui que tout le monde boit à la maison.

— L'Empire ottoman, fit Hakan comme s'il cherchait à se rappeler. Qu'en reste-t-il là-bas ? me demanda-t-il.

— Des mauvaises habitudes.

— Lesquelles ?

— La paresse.

— Mais les Turcs ne sont pas paresseux !

— À l'époque ottomane ils l'étaient ! répliquai-je. Pourquoi à ton avis l'Empire s'est écroulé ?

— Parce que nous étions paresseux ? » fit Hakan en haussant les épaules. Vous étiez mieux avec les communistes ? Pas sûr ». Certains pays changent de régime d'un siècle sur l'autre comme on change ses habitudes alimentaires. D'autres ne bougent pas, évoluent sans soubresaut visible.

« Je suis né à Belgrade, lui racontai-je alors que le serveur du resto de Balat surveillait discrètement notre table pour la débarrasser au plus vite, vieille habitude stambouliote, je n'y ai pas vécu longtemps. Mes parents ont divorcé quand j'avais cinq ans. Je suis parti vivre en France. J'ai peu de souvenirs de Belgrade. J'y suis retourné à la fin de mes études. J'y possède un appartement. Enfin, si on veut.

— Si on veut ?

— Ma famille possédait tout un immeuble dans le centre, dans la fameuse rue Terazije. Après 1945, on a été dessaisi sauf d'un appartement que mon grand-père paternel a occupé jusqu'à sa mort. À la fin de l'époque communiste, les résidents ont été conviés à devenir propriétaires de leurs logements pour une somme très modeste. Mon grand-père a eu trois enfants. Nous sommes sept héritiers à présent. J'aimerais bien revendre ma part. Mais un de mes cousins ne veut pas. L'appartement est en ruines. Il veut continuer à l'occuper. Il ne le rénove pas pour dissuader d'éventuels acheteurs. Un flic mafieux de l'ère communiste a tenté de s'emparer de l'appartement en 1993, en prétendant qu'il l'avait occupé un temps dans les années 80, ce qui est exact. La justice lui a donné tort mais il s'est vengé en cassant tout. Il a fait péter les canalisations. Il y est allé au marteau. Tout y est passé. Cuisine, salle de bains. Mon cousin Nikola a dû tout remettre en état…

— Ça n'arriverait pas ici, remarqua Hakan. Nous n'avons pas de flics mafieux qui feraient ça.

— Ça se passe autrement. Pour mémoire, ce qui s'est passé en 1955 à Istanbul. Tu es au courant, les émeutes chapeautées par l'armée turque contre les Grecs ? »

Devant l'air fermé d'Hakan je n'insistai pas. Je n'avais pas à l'esprit de réveiller le passé.

L'apathie ou l'ignorance, paresse intellectuelle qu'on cultive comme une fleur qui ne fanerait jamais. Le roman national couvre les exactions, il sert à ça. On entretient la légende, on maintient un bon profil de pays. On donne une version arrangée des événements passés. On soigne les apparences. On fait propre, comme le serveur qui s'empresse de venir nettoyer votre table. Je faillis confier ma métaphore à Hakan. Non, cette fois je vais trop loin. Il va me donner un coup de poing que je n'aurais pas volé ou déguerpir. Je ne peux pas lui dire que je n'ai pas confiance. Il ne sert à rien de me mettre à dos ceux qui veulent être mes amis.

« J'ai l'impression que tu t'énerves, tu te montes la tête pour rien. Et pour des choses graves, tu laisses passer, tu ne dis rien, reprit Hakan après un long silence.

— Deux flics sont venus m'interroger chez moi parce que je m'étais laissé aller à quelques remarques sur l'état du pays, tu trouves ça normal ?

— Je n'ai pas dit ça.

— Je me sens parfois comme le héros du film *Midnight Express*. Tu connais ?

— Alors, fais comme lui. Échappe-toi.

— Merci de ta compréhension, dis-je avec amertume.

— Le film ne raconte pas la véritable histoire. C'est un tissu de mensonges. Beaucoup de choses ont été inventées pour rendre l'histoire plus saisissante. Il donne une image du pays qui est fausse. Le scénariste s'est amusé à dramatiser à l'extrême, en faisant passer la Turquie pour un pays de tortionnaires.

— J'ignorais ce point.

— Presque tout est faux ! reprit Hakan. Il n'a jamais été violé par des gardiens. Il baisait avec son compagnon de cellule. Il l'a raconté dans un livre. Mais ça n'allait pas avec Hollywood. Ils ont préféré l'imaginer violé.

— Peut-être. Il n'empêche qu'on peut ressentir un étouffement ici. Tu es d'accord ou pas ? Le film représente une charge symbolique contre la Turquie. Je m'y retrouve parfaitement, même si l'histoire est arrangée, même si elle est fausse. Une charge symbolique », répétai-je, content de la formule.

Il y eut un autre long silence.

« Tu veux t'échapper de la Turquie comme on veut s'échapper d'une relation toxique, c'est ça ? dit Hakan en souriant. J'espère que je parviendrai à te faire changer d'avis ».

Nous n'étions pas devenus à proprement parler des amis. Notre relation débutait. Je ne savais pas où elle irait. Rien n'arrive par hasard, dit-on. Les gens apparaissent, disparaissent quand on a besoin d'eux, ou l'inverse. Phénomène de hasard qui ne repose sur aucune explication. Hakan est-il la dernière chance que je donne à ce pays ?

7

Après avoir espéré pendant plusieurs années que la Turquie apaiserait mes inquiétudes profondes, je compris que l'inverse était en train de se produire : elle avivait des peurs ancestrales. Elle me rappelait un jeu d'une extrême simplicité dont le mystère avait bercé mon enfance : ce jeu fou des quatre coins. Ou comment investir le territoire de l'autre pour s'amuser. Les pays fonctionnaient de la même façon. On se case dans un coin et jamais au grand jamais on ne se retrouve au centre. Le joueur sans coin est le perdant de l'affaire, il erre au milieu, cherchant désespérément une place, un pays. Comment la récupérer ? Quelle stratégie adopter pour trouver un nouvel havre ? Un joueur casé se lance, risque le tout pour le tout, quitte à perdre sa place initiale. Attention ! Attention ! Il sait qu'il joue gros. Avec un complice il essaye de tromper la vigilance du joueur du milieu pour changer de territoire, il court à toute vitesse pour trouver sa prochaine place dans le monde. Pourvu qu'il y parvienne. Cette fois, il a raté. L'autre l'a délogé, il se retrouve au centre, sans domicile, sans attache. Libre et malheureux comme l'air. La ronde est interminable. Tôt ou tard l'autre aussi perdra. Un joueur plus fort le délogera. La vie, l'Empire prendra fin. Maintenir sa place à tout prix est impossible. Le mouvement de la vie pousse à la conquête d'un nouveau territoire.

C'était sûrement ce qui m'était arrivé. J'avais joué aux quatre coins. Casé à titre temporaire, j'attendais le moment avant de me lancer à la poursuite du prochain coin.

Oui, tout semble aller de soi, naissance, langue, tradition, culture. En apparence, seulement. En sous-main la comédie des pays commence. Les systèmes diffèrent de chaque côté des frontières et façonnent les individus.

Le changement de perspective induit par les coins n'avait été qu'un joli leurre. Je m'étais trompé. J'avais mixé à grande vitesse le passé et le présent sur le dos d'Istanbul, pour me retrouver sur le carreau, dépassé par la situation que j'avais créée. Je n'étais toujours pas chez moi. Le coin de Turquie m'avait déçu. Manque de modestie, fierté excessive ravivait le malaise. Ce coin-là s'abrutissait à croire à sa supériorité. Il avait vaincu d'autres joueurs, d'autres nations. Ses victoires étaient devenues son point le plus faible. L'heure de la défaite allait sonner.

Le jeu des quatre coins n'était plus la solution pour l'humanité. Les petites nations sans envergure convenaient davantage à mes ambitions de vie.

L'agenda turc dans son traitement des minorités, dans ses replis identitaires, exacerbait les tensions qu'il y avait en moi. Dedans, dehors, les mots prenaient tout leur sens. Les rues de mon quartier de Fatih affolaient mon cerveau. Le patriotisme invisible déchirait mon cœur. Il m'avait fallu deux ans pour comprendre que j'avais choisi le mauvais coin. Ailleurs dans Istanbul, la situation était plus stable. Certains coins répondaient aux attentes d'un monde mixte, sans préjugés. J'aurais pu m'y sentir chez moi, pour ce que cela voulait dire.

Dans leur écrasante majorité les femmes à Fatih étaient voilées. J'étais passé de l'indifférence à la gêne. Je ne parvenais pas à accepter le principe de garder mes distances, d'exister comme appartenant au genre masculin, je n'étais pas né dans ce système. Un jour où j'avais oublié la règle comme on oublie ses clefs, j'avais tenté, au moment du départ, de déposer un baiser sur la joue de la propriétaire précédente de mon appartement qui ne portait pas de voile. Elle fit un pas en arrière et me tendit la main. La joue n'était pas autorisée.

La magie du regard qui unit ne faisait plus partie du jeu. Je fus contraint de détourner les yeux, rappelé à l'existence d'une religion qui seule avait le droit de s'afficher dans l'espace public. Les appels à la prière étaient devenus des sons indifférenciés. Je ne les entendais plus. J'en avais fini de l'exotisme. Je ne parvenais pas à réfléchir à la moindre transcendance. J'étais gavé comme un animal qu'on nourrit de force avant d'en faire son festin. Je rêvais que la religion disparaisse de l'espace public. Ils m'imposaient l'attachement à leurs croyances. On ne demandait pas mon avis. Le système bravait la liberté de conscience. Il fallait céder. On se convertissait ou on partait.

J'aurais pu déménager, changer de coin. Mais dans ce cas, autant repartir vers l'Europe, ça revenait au même.

Hakan était venu s'installer chez moi. Je lui expliquai un soir mes sentiments, il ne les comprit qu'à moitié. Nous ne vivions pas dans le même monde. Au jeu des quatre coins il n'était pas le partenaire de jeu idéal. En sept ans je n'avais pas rencontré une seule personne avec laquelle élaborer une stratégie d'installation. La part religieuse ne pouvait être la seule cause à incriminer. L'identité turque ne se résumait pas à une histoire de croyances. Autre chose empêchait le passage d'un coin à l'autre. Je cherchais à comprendre.

« Vous vivez dans un bocal, lui dis-je dans l'obscurité en fumant une cigarette.

— C'est-à-dire ?

— Je vais te donner un exemple, vous mangez toujours la même cuisine.

— Parce que c'est la meilleure.

— Tu dis.

— Oui.

— Les traditions sont un frein à l'évolution, y compris en cuisine. Vivre sur ses acquis c'est faire du sur-place. La cuisine turque est fermée sur ses principes et ses ingrédients, comme son système politique.

— Tu exagères.

— Comprends-moi. Tous les restos servent la même soupe, les mêmes plats. Dans les maisons c'est mieux. À l'extérieur on joue la comédie. Pourquoi ? Fierté ? Orgueil national ?

— Je ne sais pas. On mange très bien.

— Même pas », affirmai-je avec mauvaise foi.

On parla religion. Hakan n'était pas athée, plutôt agnostique. Il ne se rendait jamais à la mosquée.

« La foi en Dieu n'est pas propre à la Turquie », me dit-il comme pour s'excuser.

On parla voyages. Découvrir de nouveaux coins, se poser pour un temps, souffler. « Changer, ça permet de voir ce qui cloche. Je ne fais pas la différence entre vivre et visiter ».

Je m'étais pris à mon propre piège en trahissant mes convictions d'errance, en me posant dans ce qui m'apparaissait comme la ville la plus désirable au monde. Elle brillait de mille feux, la pauvre Istanbul, vieille de plusieurs millénaires, qu'on avait étirée jusqu'à la mer Noire. Elle n'en finissait plus de s'étendre, à en tomber malade. On voulait même lui offrir un canal pour dédoubler le trafic maritime sur le Bosphore, pauvre vieux.

Ma décision d'en partir n'était plus qu'une question de mois ou d'une année, autant profiter des derniers temps, lui dis-je, comme un condamné à mort qui jouit d'une ultime cigarette. Au lieu d'être sombre et négatif je vais cultiver les raisons d'aimer le pays, avant de le botter hors de ma vie pour toujours. Au lieu de l'insulter et de le mépriser, lui ouvrir mon cœur et devenir patriote. Prions pour la santé de son chef Tayyip, que Dieu le garde Maşallah et nous avec.

Hakan se mit à rire. J'essaye de changer mon regard. Le pire qui pourrait arriver serait de regretter plus tard ma décision. Les anciens propriétaires ont mis un an avant de trouver le pigeon qui les a libérés de la ville tentaculaire. Recep bey n'en pouvait plus, me confia-t-il pendant les discussions d'achat. Il voulait partir loin d'Istanbul. Son appartement était rempli d'oiseaux. Sur le balcon vivaient plusieurs espèces de tourterelles qui se baladaient en journée et revenaient le soir. Je ne sais pas quel oiseau fut à l'origine de la brouille entre Recep et son frère qui vivait, et vit encore, à l'étage au-dessus. Un matin, un des volatiles qui créchait à l'intérieur en semi-liberté s'envola. Pas très loin. Il se contenta d'émigrer sur le balcon d'en haut. Le chat du frangin aperçut le pigeon et le tua en un rien de temps. Le drame fut à l'origine de la rupture entre les deux familles qui de ce jour cessèrent toute relation. Je me suis toujours demandé si c'était la seule raison de la rupture. Officiellement il n'en circule pas d'autre. Les frères sont brouillés parce que le chat de l'un a trucidé l'oiseau de l'autre.

8

Le jeu des quatre coins est-il réservé à l'enfance seulement ? Il semble que non. Sauter d'un coin à l'autre, j'ai poursuivi le jeu longtemps. Je n'avais pas de motif sérieux de choisir l'endroit où je me suis fixé. Personne n'a bien compris, pas même moi, pourquoi Istanbul. Toute une passion pour un pays, pour en arriver à le détester et à développer une phobie soudaine. La répulsion à l'égard des nations ne porte pas de nom. Transphobie, homophobie, islamophobie, rien pour les pays. Mon appréhension n'est pas reconnue. Phobie des pays, des coins. Les nationalismes détruisent de l'intérieur. Serbe, turc, français. Projet néo-ottoman. Les patriotismes se combattent entre eux. On gagne sur l'un qui perd sur l'autre. On s'en veut de façon viscérale. Despina, une amie gréco-turque, m'a dit un jour : « Ce pays n'a pas d'histoire, pour l'instant il a un casier judiciaire ». Tous les pays jeunes en ont un, lui ai-je répondu. Ça passe avec le temps. Le passé ne s'oublie pas. Et la justice finit par passer. Guerre silencieuse entre anciens ennemis qui ne se réconcilient pas. Personne ne veut céder. On bloque l'autre par tous les moyens possibles. Diplomatie retorse, pressions, calculs. Les voisins se détestent. Le passé est trop lourd, le casier judiciaire rempli. Elle n'a jamais reconnu ses torts, dit Despina. Commettre un génocide et ne pas s'embêter à s'excuser.

« J'aime passionnément Istanbul, dis-je à Hakan alors qu'il m'accompagnait pour rendre visite à une amie française.

— J'ai du mal à te croire.

— Pourquoi ? Je fais la part des choses ».

J'étais, encore une fois, en train de changer de point de vue, sans doute parce que la rage et la colère s'estompent au cours d'une journée. Alors que je vérifiais son fonctionnement, la carte française de mon téléphone cessa soudainement de fonctionner. « Carte Sim 1 non autorisée », afficha mon vieux smartphone que j'avais acheté en France, ce qui m'avait contraint à payer un impôt à l'État turc toujours heureux de faire casquer ceux qui prennent le large et osent s'émanciper de lui. Je montrai le message à Hakan.

« Qu'est-ce que ça veut dire ?

— Je ne sais pas.

— Ils veulent m'empêcher de communiquer avec la France.

— C'est impossible.

— Il ne peut s'agir que de ça. Juste au moment où je te disais combien j'aime ce pays. Ils n'ont vraiment aucun scrupule. Rien ne les arrête.

— Danilo, je ne crois pas. Ce serait à cause du policier qui est venu chez toi ? Il aurait demandé que ta ligne française soit bloquée ?

— Je ne vois rien d'autre.

— Mais tu…

— Le type qui m'a dénoncé, tu es resté en contact avec lui ?

— J'ai son numéro, fit Hakan un peu gêné. Tu veux que je l'appelle ?

— Oui, s'il te plaît. Il faut en avoir le cœur net ».

La crainte d'être poursuivi par des forces qui opèrent dans l'ombre, une sorte d'armée secrète qui est à l'affut et qui persécute, me hante depuis de très nombreuses années. J'ai la trouille. Le jeu des quatre coins n'a rien arrangé. Cette fois, à cause d'un téléphone qu'on a bloqué. Ils viennent de mener des actions militaires dans le nord de la Syrie, leur télé parle des soldats qui ont perdu la vie comme des martyrs, une de mes voisines a accroché un énorme drapeau turc sur la façade de l'immeuble. À chaque fois que je l'aperçois j'ai envie de l'arracher. Et comme par hasard mon téléphone ne fonctionne plus. Je sais ce qui va se passer : je vais finir par rejoindre une organisation qui leur est hostile. Ils auront de vraies raisons de s'acharner sur moi. A ce jour, ils n'en ont aucune.

J'annulai aussitôt mon rendez-vous avec Ludivine, une amie de longue date qui était de passage à Istanbul. « Remettons à demain, je suis désolé. Il y a un imprévu.

— Rien de grave ?

— Je te tiens au courant dans la journée ».

Hakan chercha dans l'agenda de son téléphone le numéro de son ancien employeur. Il s'isola à quelques mètres de moi. La conversation fut très brève.

« Il veut te voir.

— Quoi ?

— Il pense comme moi que c'est impossible.

— C'est à cause de la Syrie, dis-je avec conviction.

— C'est impossible.

— Donc ? »

Hakan parut soudain très gêné.

« Vas-y. Dis !

— Il pense qu'il faut que tu ailles te faire soigner.

— Quoi ?

— Je répète ce qu'il a dit.

— Pourquoi veut-il me voir ?

— Pour t'expliquer.

— M'expliquer que je suis malade ? Qu'il aille se faire foutre, explosai-je. Je ne suis pas malade.

— C'est quelqu'un d'humain, je ne…

— Arrête de parler d'une chose qui n'existe pas. Je n'y crois plus ».

Hakan, qui avait perdu son boulot suite à la liquidation judiciaire de son entreprise, défendait cet enfoiré dont je ne connais même pas le nom.

« Je ne le rencontrerai que si mon téléphone remarche. Rappelle-le et dis-lui.

— Ok ».

Il rappela devant moi. J'écoutai attentivement, de peur qu'Hakan raconte autre chose à son ex-patron. On ne peut faire confiance à un ami récent. Ce pays me rend parano.

« *Tamam*, *tamam*, répéta-t-il. D'accord, d'accord. Il va essayer de les contacter.

— Il les a contactés une fois. Il peut recommencer ».

Le lendemain, la carte sim française se remit à marcher tout aussi étrangement qu'elle s'était arrêtée. Hakan m'expliqua que les autorités avaient probablement confondu les deux numéros d'identité internationale de mon équipement mobile. L'un des deux leur avait paru suspect et ils l'avaient bloqué.

« Suspect ? Ils passent leur temps à suspecter la population.

— Burak nous dira ce qui s'est passé dès qu'il aura pris contact avec… avec…

— Avec qui ?

— Avec ceux qu'il a contactés quand il a décidé de les prévenir…

— De me dénoncer, tu veux dire. Je vais te dire ce qui s'est passé. J'ai compris ».

Je venais d'accomplir un séjour rapide à Belgrade. Au retour à Istanbul ma ligne française avait été bloquée. À peine avais-je remis les pieds en Turquie qu'ils avaient décidé de vérifier mon identité en m'empêchant d'entrer en contact avec l'extérieur.

9

Ce nouvel épisode – à rajouter à la liste de mes déboires et autres désenchantements – ne pouvait que m'encourager à rechercher un domicile au plus vite, dans un pays limitrophe où je trouverais refuge. Ils allaient réussir à faire de moi un activiste, un prêt à tout, surtout ce marchand de légumes ambulant qui me harcèle à chaque fois qu'il me voit. Hier il m'a abordé à nouveau à propos du virus. Les ressortissants français n'auront bientôt plus le droit d'entrer en Turquie, et moi c'est une chance que j'y suis déjà, qu'il m'a dit. Ils ne vont pas t'expulser, m'a-t-il rassuré.

Ce fou m'épuise. Qu'ils m'expulsent, ça m'arrangerait. Je n'aurais plus besoin de me torturer à hésiter. Partir, rester ? Plus besoin de prendre une décision. Ils me foutent dehors, comme ils ont foutu dehors en 1955 ceux des Grecs qu'ils n'ont pas massacrés, le tour est joué. Istanbul sort de ma vie. Les simits, ces couronnes au sésame qu'on aperçoit à tous les coins de rue, symbole national, disparaissent de mon univers. L'ayran, yaourt liquide qu'ils boivent par litres pendant les repas en lieu et place d'un bon vin, lui aussi sort de ma vie.

Et si jamais simit et ayran me manquent un jour, ce qui me connaissant finira par arriver, les commerces turcs pullulent dans les capitales européennes. Ils occupent parfois des quartiers entiers. Londres, Finsbury Park : une longue rue totalement sous leur coupe, les spécialités ottomanes, des plus glorieuses aux plus écœurantes, vous sautent au visage avant d'entrer dans une succursale de banque turque puis de vous faire ratiboiser la tête par un coiffeur d'Antalya ou de Trabzon.

Boutiques, produits, services sont équivalents, voire supérieurs, à ce qu'ils seraient en Turquie. On se demande à quoi servirait d'habiter le pays réel quand on peut trouver tout ce qui fait sa richesse, sans les inconvénients, loin de lui.

Sans courir le risque d'être poursuivi pour délit d'opinion.

Je racontai à Ludivine ma situation actuelle. Elle ne parut pas surprise. Journaliste indépendante, elle venait souvent en Turquie. Elle n'avait pas été assez naïve pour s'y installer. Elle avait appris à tenir les pays à distance, ne jamais leur accorder sa confiance, rester sur ses gardes. Tout ce que je n'avais pas fait.

« En fait, même pas. Ils te poursuivent partout dans le monde. Ne crois pas que tu serais à l'abri. Ils ont des budgets énormes pour maintenir leur sécurité partout où ils la jugent menacée. Quand ils veulent abattre un opposant quelque part, ils le font. Ils ont tué à Paris trois femmes kurdes dans l'indifférence des services français qui ont fermé les yeux. Ça ne marche pas dans les deux sens. Eux seuls s'octroient le droit de tuer en dehors de la Turquie.

— Je n'étais pas au courant, fit Hakan, tentant de prendre sa place dans la conversation.

— Moi non plus. J'aimerais tant parvenir à aimer ce pays !

— Tu parlais de 1955, Danilo. C'était un coup magistral. Ils ont lancé la rumeur qu'une bombe avait été jetée contre la maison d'Atatürk à Thessalonique. Il s'en suivit une véritable opération-commando contre les chrétiens d'Istanbul. Une dizaine de morts, des blessés. Ils s'en sont pris aux maisons, aux boutiques des non-musulmans qui avaient été repérées la veille, grecs, arméniens, syriaques, juifs, les *yabancı*, quoi. Et vous savez un truc ? L'étudiant turc qui a jeté la bombe à Thessalonique a été récompensé de son crime par l'administration.

— Il n'a pas été inquiété ?

— Il a été arrêté par les Grecs longtemps après. Libéré, il a été promu préfet d'une petite ville touristique en Turquie, dans les années 90. Il avait payé, d'accord. De là à faire de lui un préfet... Le secrétaire général du Conseil National de Sécurité a reconnu que la nuit du 6 au 7 septembre avait été un coup des services turcs. Superbement organisé. Ce sont des as.

— Et des milliers de Grecs sont partis, la peur au ventre.

— Par étapes. Ceux qui sont restés, environ 5000, ont quitté en 64. J'ai reçu le témoignage d'une femme qui s'est retrouvée à l'aéroport d'Istanbul avec une petite valise et un tapis. Le douanier voulait l'empêcher d'emporter son tapis. Elle lui a dit : Je ne sais pas où je vais dormir ce soir. Laissez-le-moi. Au moins, j'ai le tapis ».

Ludivine avait aussi été correspondante d'un journal belge en Turquie. Elle avait pris sa retraite mais continuait à suivre l'actualité régionale.

« Tu habites dans un des quartiers où le pogrom a eu lieu ».

Je savais tout ça. Je n'en ai pas tenu compte. Les dérives du pouvoir, les calculs au sommet, ne concernent pas les gens d'en bas, dont mes voisins de Fatih font partie. Ils n'y sont pour rien du nationalisme qu'on leur martèle dès l'enfance. Ils le subissent de plein fouet, on leur fait croire que la survie de leur pays est en jeu. Ils gobent tout. Au fond d'eux-mêmes, ils s'en foutent. Pendant ce temps, les forces occultes et officielles, mues par la folie patriotique, font le sale boulot. L'ancien proprio qui aimait tant les oiseaux au point de se fâcher à vie avec son frère m'a rappelé, le jour de la signature qui fit de moi son successeur, combien l'époque où, enfant, jeune adolescent, il était en fusion totale avec ses potes arméniens, grecs et juifs, lui manquait. Il a assisté à leur départ. Et à ce souvenir il s'est mis à pleurer ! Du jour au lendemain, plus personne. Vos meilleurs copains sont partis. Ils n'ont pas laissé d'adresse. Toute votre vie vous les attendez. Ils ne sont jamais revenus, même pas pour des vacances. Vous vous retrouvez avec vos compatriotes, citoyens irréprochables, ethniquement turcs, confessionnellement sunnites, qui brandissent le drapeau à la moindre menace et qui se cament à la religion. Ce sont des produits d'usine, calibrés pour tenter de reprendre le flambeau ottoman jusqu'à l'extase. Jusqu'à ce qu'on les arrête par une guerre.

« Il s'agit d'un processus personnel », essayai-je d'expliquer à Ludivine qui me questionnait sur les raisons qui m'avaient poussé à m'installer ici. « C'est comme si en 1942 tu t'étais installé en Allemagne. C'était pas le moment, non ? C'est pareil ici. C'était pas le moment ».

Je ne sais pas si elle vit mes larmes. Elle détourna son regard. Hakan se rapprocha de moi. Elle me reprochait d'être un collabo.

Tout m'était égal. Absolument tout. Elle pouvait penser ce qu'elle voulait. On commet des erreurs. Il faut aller jusqu'au bout de ce qu'elles représentent, les regarder en face, leur parler. Les habitants de cette ville m'ont induit en erreur. Ils sont tellement paumés dans leur identité qu'ils font ça sans penser à mal. Souvent ils rêvent de fuir. Ils manipulent, mettent en pratique les enseignements de la patrie. On leur a appris à être Turcs. Ils sont à la recherche d'une stabilité impossible, ils comptent sur vous pour les aider. On aboutit à un fiasco, pas un échange.

« Mes histoires d'amour, je les ai avec des pays, je me marie, je me pacse, je divorce », dis-je à Ludivine.

10

« J'espère que tu vivras des histoires d'amour aussi, dit Hakan. Le pays c'est juste le cadre. Rien d'autre.

— On verra. Si je pars, elles continueront ailleurs ».

Burak, l'ex-patron d'Hakan, avait fait savoir que la police n'était pour rien dans le blocage de mon téléphone. Je formais des doutes. Depuis quand, en ces matières, les responsables disent-ils la vérité ? Je continuais à les soupçonner. Quand ils bloquaient les téléphones achetés à l'étranger j'y voyais, au-delà de la préservation d'intérêts économiques, la manifestation éclatante de leur force, comme s'ils disaient : vous voyez, on peut étouffer votre téléphone, c'est un jeu d'enfant pour nous. N'oubliez pas que vous êtes toujours à notre merci. Nous vivons sous un régime marqué par les coups d'État, comme par le passé. Mettre au pas les citoyens pour leur bien. La conception raciale de l'identité turque nous conduit à procéder ainsi. Nous sommes cernés d'ennemis, intérieurs et extérieurs. Vous devez l'accepter ou dégager.

Dans l'hypothèse où mon téléphone n'avait pas été volontairement bloqué, il restait la piste d'une erreur administrative. Et si j'apprenais à ne pas diaboliser l'État qui était en face de moi ?

Burak avait à nouveau manifesté le désir de me rencontrer.

« Si c'est pour me conseiller d'aller me faire soigner, c'est non. Je n'en ai aucune envie. Il est gay ? » demandai-je à Hakan, en proie à une soudaine curiosité.

Ça pouvait tout expliquer. Enfin, tout, peut-être pas. Je perds la tête. Je deviens sectaire avec ceux qui l'ont été avec moi. C'est le risque auquel les victimes se heurtent.

« Je le connais marié, fit Hakan. Sa femme travaillait dans l'entreprise.

— Ça n'empêche, dis-je avec mauvaise humeur. Il ne serait pas le premier.

— Je crois qu'il voudrait t'expliquer pourquoi il a jugé nécessaire de…de

— De me dénoncer ?

— C'est pour ça qu'il voudrait te rencontrer.

— Il s'est recasé ? Il travaille où maintenant ?

— Je ne sais pas ».

J'avais oublié ce que sous l'effet de la colère j'avais asséné à Burak qui n'en avait pas perdu une miette. J'avais explosé pour une histoire un peu sordide de remboursement de billets. J'avais perçu dans une affaire exclusivement administrative l'emprise des néoconservateurs au pouvoir qui magouillaient dans l'ombre pendant que l'Amérique mettait à genoux l'économie turque. J'avais cru profiter de l'anonymat d'une conversation téléphonique. Hélas ils enregistraient. Toute ma rancœur contre la Turquie avait trouvé un débouché facile. Un pauvre mec dans un centre d'appels s'était farci ce qui ressemblait, de l'extérieur, à un dégueulis.

C'est curieux comme la grande Histoire peut entrer parfois dans sa vie. Elle était entrée dans la mienne depuis que je vivais à Istanbul. Alors qu'on parlait de mes sous l'attaché de compte à la banque avait soudain lancé une diatribe contre les Grecs à propos de je ne sais quelle histoire d'île réclamée par Ankara. Il m'avait regardé avec ses grands yeux bleus, genre : j'aimerais avoir ton accord sur cette annexion, qu'est-ce que tu en dis ? La chair étant faible, je n'ai pas pipé mot. J'ai encaissé sans rien lui répondre. Il a cru que j'étais de son avis. Je ne l'étais pas. J'étais seulement intimidé par sa beauté, rien d'autre.

« Son attaque contre les Grecs, dis-je à Ludivine, m'a surpris. Je n'ai rien pu dire. J'ai eu peur.

—De quelle île il parlait ?

—Une île de la mer Egée, en face de Bodrum ou Izmir, je crois. Selon lui, elle devrait être turque.

—Du délire.

—Je ne suis pas au courant.

—Il faudrait tout leur donner. Ils ont eu plus qu'ils n'auraient jamais dû recevoir en 1923 avec le traité de Lausanne. Le moindre mètre carré occupé par un Musulman dans tous les territoires qu'ils ont colonisés pendant des siècles, ils estiment qu'ils ont un droit de regard, un droit du cœur, sur lui. Pure hypocrisie. Ils veulent juste le pouvoir, le droit d'écraser les autres nations.

—Faut pas les écouter, reprit Hakan pour nous rassurer. Ne vous inquiétez pas. Je ne suis pas du tout d'accord avec eux sur tout ça. Ils vont trop loin ».

Pour une fois il se démarquait de l'idéologie rampante de son pays.

« Content que des gens comme toi, Hakan, puissent résister à l'extraordinaire lavage de cerveau que l'on exerce sur vous ».

Il me regarda, pas sûr de comprendre. Lavage de cerveau ? Les Turcs, cette grande nation ?

« C'est compliqué, expliquai-je. Ce n'est pas un lavage de cerveau ordinaire. Ils vous racontent l'Histoire à leur manière, sans se mettre à la place des autres. Ils sont toujours les vainqueurs ».

J'expliquai davantage : ce qu'ils imaginent être la suprématie turque les envahit, du lever au coucher du soleil, sans qu'ils aient besoin d'y penser. Ils y croient dur. Ça ne partira plus, sauf incident majeur, et encore.

« Non ! braillai-je après le serveur. Je n'ai pas fini mon thé. Laissez-le. Pourquoi le prenez-vous alors qu'il en reste ? »

Le vieux garçon ne répondit rien et reposa mon verre sur la table en formica. Il répétait un geste sinon ancestral, généralisé et irritant.

« Vous voyez, ils font ça tout le temps. Comment voulez-vous vivre dans un pays qui rafle votre verre de thé alors que vous ne l'avez pas terminé ?

— C'est déplaisant, reconnut Ludivine. Je n'ai jamais pu supporter leur manie.

— Qu'est-ce que ça peut bien vouloir dire ?

— Qu'ils sont pressés de gagner de l'argent avec la prochaine tasse ?

— C'est tout ?

— Ils aiment l'ordre. Le verre doit retourner dans la cuisine au plus vite ».

Pendant dix ans je me suis posé ce genre de questions. Sur le thé et sur le reste. Pourquoi font-ils ci, pourquoi font-ils ça ? Je suis passé par plusieurs états. Indifférence, ravissement, étonnement, contrariété, parfois l'admiration ou la rage. J'ai vu la mainmise d'un État fort, autoritaire, qui décide de tout, y compris de ce qui doit rester dans le fond de votre verre.

Sur le chemin du retour, je suis tombé sur mon persécuteur local, le marchand de légumes ambulant.

« Depuis quand êtes-vous de retour en Turquie ? » me balança-t-il, soupçonneux.

La veille, le gouvernement avait annoncé qu'un premier cas de coronavirus avait été détecté dans le pays. L'homme arrivait d'un pays européen qui n'avait pas été révélé pour respecter le secret médical du patient. Ils enferment écrivains et journalistes pour délits d'opinion mais protègent la vie privée des bons citoyens malades.

« C'est pas moi », lui dis-je en prenant les devants.

Il me regarda avec un mélange de compassion et de mépris.

« Qu'est-ce qui est arrivé ? bafouillai-je.

— C'est l'Europe, affirma-t-il avec gravité. Par Allah, ici, tout va bien.

— Maşallah.

— C'est un virus qui vient d'Europe.

— Non, de Chine.

— D'Europe. Le patient a été…

— Le virus n'est pas né en Europe.

— Qu'est-ce que vous en savez ? Par Allah, je pense que si.

— D'accord ».

À nouveau épuisé et abattu après cet échange, je rentrai chez moi avec la conviction que je devais le moins possible quitter mon domicile. Rien n'empêcherait cet idiot de me tenir la jambe dès qu'il me rencontrerait à nouveau. Il s'installe sur les décombres de ma vie en Turquie, je ne peux pas lui interdire d'entrer en contact avec moi. Une autre expérience récente m'a alerté sur les risques que je prends à mener une vie libre et indépendante à Istanbul. Visitant un cimetière arménien près de la Porte d'Edirne, une gardienne qui portait le hidjab, me voyant griffonner quelques notes, est sortie de sa loge pour me demander pourquoi j'étais assis sur un banc à écrire. Je lui ai répondu en français qu'elle aille se faire foutre. Comme on était séparé d'une dizaine de mètres, elle a répété une partie de mes mots, pensant que je m'exprimais peut-être dans un turc particulier, ou encore en arménien. Elle n'a pas insisté. Même si des caméras ont sûrement enregistré ma présence, je ne pense pas qu'elle ait appelé à la police. Elle a essayé d'assouvir sa curiosité à bon prix. A-t-elle eu peur de moi ? Un individu qui passe plus d'un quart d'heure à crayonner sur un banc peut-il être totalement innocent ?

11

« Bonjour, Danilo bey.

— Bonjour, asseyez-vous.

— Comment allez-vous ? »

Il m'avait donné rendez-vous dans un petit resto qui ne payait pas de mine à Balat. Le quartier, anciennement occupé par les Grecs et les Juifs, n'est pas connu pour être le plus chic d'Istanbul. Un bon quart des maisons est en ruines, les rues sont étroites, la circulation des voitures dans les deux sens est un cauchemar. Le chantage exercé par les véhicules sur les piétons traduit en pratique les rapports de force dans le pays. La Turquie joue la loi du plus fort. L'impudence de la conduite automobile ne fait l'objet d'aucune contestation. On se plaît à une certaine anarchie qui donne une sensation de liberté, quel que soit le nombre des victimes.

Voitures mises à part, une atmosphère particulière se dégage de Balat. Reconnaissons-le, le village le doit à son passé. La Turquie s'y fait moins présente. Elle n'est pas très loin, tapie dans l'ombre. Indifférente au passé antérieur à 1453, elle regarde les jours anciens sans nostalgie ni respect.

Je vis arriver un gars plus jeune que je me l'étais imaginé d'après sa voix, le visage mangé par de grosses lunettes de myope. Pas séduisant, mais une lueur dans le regard, un truc qui ne vous laisse pas indifférent. Un brin torturé, sans doute.

« C'est vous qui m'avez dénoncé ? » attaquai-je avec un demi-sourire.

Il posa sa serviette à ses côtés sur la banquette.

« Vous me laissez un peu de temps pour expliquer ?

— Qu'est-ce que vous prenez ?

— Un cappuccino ».

Il allongea ses jambes sous la table et effleura mon pied.

« La situation avec le virus est terrible, dit Burak. Vous avez vu en Italie ?

— La vie et la mort n'ont pas de nationalité. Tout peut arriver. Y compris ici ».

Je n'étais pas venu au rendez-vous pour parler de la pandémie qui était sur toutes les lèvres. Je lui accordai deux minutes avec elle, pas plus.

« Vous vous protégez ? me demanda-t-il.

— Pas vraiment. Je ne vais pas dans le centre, c'est tout. J'évite les rues étroites où on vous marche sur les talons pour aller plus vite ».

Ah ! Ma hantise. Une autre manie que j'ai observée à Istanbul. Les gens n'hésitent pas à accrocher vos chaussures. Je n'y vois rien de très flatteur pour le pays. On vous arrache votre verre de thé et on vous bouscule par derrière. C'est la même philosophie. Pas d'égard dans la foule pour l'individu.

« Il y a dix-huit ou vingt millions d'habitants à Istanbul.

— Qu'est-ce que ça change ? Pourquoi faudrait-il accrocher le talon de la personne qui vous précède ? C'est barbare », ajoutai-je.

Il me regarda sans cacher sa surprise, comme si, recommençant à dégommer le pays qui m'accueillait, je me mettais en situation d'être à nouveau interpellé par la police. Je n'avais pas l'intention de m'arrêter là. Si je le poussais à bout, il appellerait ses copains flics qui me déféreraient d'office devant un juge. J'en étais arrivé au point de croire que l'expulsion était la meilleure chose qui pouvait m'arriver.

« Les gens ne le font pas exprès, essaya-t-il de me persuader.

— Ce n'est pas la question. On ne marche pas sur les talons, c'est tout. On ralentit. Ça me met dans une rage folle ».

Je suis sûr qu'il s'est retenu de me lancer une vacherie : « Oui, on vous connaît. Il vous en faut peu. Vous entrez dans une rage folle pour un rien ».

« Je suis désolé pour vous, Danilo.

— Ce n'est pas grave. J'ai l'habitude. Le nombre de gens mal élevés ici… Regardez ! Regardez les deux chiens sur le trottoir !

— Que se passe-t-il ? »

Mal en point, âgés d'environ six ans, ils roupillaient contre la devanture d'une boutique fermée.

« Vous ne voyez pas ?

— Ils dorment.

— À poings fermés.

— Oui ?

— Vous pensez que c'est normal ?

— Pourquoi cela ne le serait-il pas ?

— Les chiens ont un sommeil très léger. Ceux-là roupillent comme des défoncés, ils sont drogués, explosai-je.

— Qu'est-ce que vous racontez !

— C'est une certitude. On ajoute dans la pâtée des chiens errants d'Istanbul des tranquillisants.

— Quoi ?

— Comme ça, ils ne causent aucun problème. Sans quoi, vous les connaissez. Ils sont en meute, ils attaquent.

— Vous dites n'importe quoi, Danilo ! N'importe quoi ».

Cette fois j'avais réussi mon coup. Il était hors de lui. Prêt à stopper les gentillesses. Enfin ! Il me jeta un regard quasi haineux. Vous êtes un monstre, disaient ses yeux.

Bien sûr que je suis un monstre, fier de l'être.

« Essayez un peu de les appeler. Vous allez voir s'ils vont se réveiller ».

Il se garda de tenter l'expérience. Je me levai et m'approchai des toutous vautrés avec les plis de leur chair étalés sur le trottoir comme des tapis qui attendent d'être secoués. Je fis un petit bruit avec la bouche. Psitt, psitt, psitt, chichounet, bichounet. Admirateur de la race canine, j'ai développé au fil des ans un vocabulaire spécifique pour m'adresser à elle. Quel que soit le pays, ils comprennent ce langage.

Aucune réponse. Les yeux clos, les chiens continuaient à pioncer.

« Convaincu ?

—Je pense que c'est une coïncidence. Ils ont dû errer toute la nuit, ils sont épuisés.

— Pas du tout. Je les vois tous les jours. Ça leur coûte moins cher qu'un refuge. Un peu de benzodiazépine et ils sont tranquilles ».

J'avais mis mon interlocuteur dans l'embarras. Le capuccino arriva.

Mon droit à la vengeance est intact. Deux attaques l'ont ébranlé, bon début, les coups de talon et la situation des chiens errants. De quoi le préparer à la suite.

Je n'ai pas l'intention d'en rester là.

12

« Vos accusations sont graves et le plus souvent infondées, reprit-il alors que je lui demandais pourquoi il avait prévenu la police.

— Le plus souvent ?

— Nulle nation n'est parfaite. La vôtre, pas davantage.

— J'ai dit le contraire ? »

Il effleura à nouveau mon pied, ça me fit le même effet que le talon de la chaussure.

« Vous n'aimez pas notre nation, lança mon dénonciateur.

— Pourquoi devrais-je l'aimer ?

— Vous vivez ici.

— Et alors ? C'est justement parce que je vis ici que j'ai le droit de me poser la question de savoir si je l'aime ou non. Mais ça, pour vous Turcs, c'est immoral.

— Vous êtes compliqué, Danilo bey.

— Mes accusations sont graves, vous dites ? Parce que je n'aime pas qu'on marche sur mes talons ? Je dis que c'est tordu. Elles sont graves parce que je dénonce la politique municipale à l'égard des chiens errants ? J'ai d'autres accusations à votre service.

— Je n'en doute pas », fit-il en portant son capuccino à la bouche. Un peu de crème resta collé au-dessus de sa lèvre supérieure.

« Je vais peut-être vous choquer…

— Je vous en prie, fit-il ironiquement.

— Je vais vous dire un truc : sur un plan politico-cosmique, la Turquie est un trou noir.

— Un trou noir ?

— Oui. Un pays compact, un bloc de ciment. Avec un champ gravitationnel puissant. Rien ne s'en échappe. Aucun rayonnement, aucune matière.

— Merci pour ces gentillesses.

— Ça n'empêche pas l'émission d'une quantité très élevée de rayons X ».

Il décrochait. Je lui laissai un peu de répit.

« Parlons d'autre chose. Vous avez retrouvé un travail ?

— Non. C'est la crise économique ici ».

Tout en sirotant mon thé jusqu'à la dernière goutte, je réfléchissais à ma prochaine attaque. Le besoin de vengeance ne me quitte pas. Il n'a toujours rien expliqué. Pourquoi a-t-il jugé bon de prévenir la police après sa conversation avec moi ? Au lieu de répondre, il semble attendre que je m'enfonce davantage dans mes propos controversés sur son pays.

« Depuis quand vivez-vous ici, Danilo bey ?

— Deux-trois ans environ. A temps plein.

— Qu'est-ce qui vous a poussé à prendre cette décision, si je peux me permettre ?

— Ce serait long à raconter. Des raisons personnelles. Ne soyez pas intrusif, s'il vous plaît ».

J'ai atteint un niveau de méfiance et de soupçon à peine croyable. Le pic de la pandémie approche. Mon histoire d'amour avec la belle Ottomane aura duré dix ans. Si tout se passe bien, dans deux ans, quand elle fêtera son premier centenaire républicain, j'en aurai fini. Je ne me suis pas marié avec elle, je n'ai pas eu d'enfants. Elle trouvera quelqu'un d'autre pour être à ses côtés et prendre soin d'elle. Nous ne resterons pas amis. Réussir sa rupture avec un pays est impossible. Je continuerai à nourrir mes rancœurs, c'est une hygiène essentielle qui permet d'avancer. Tu m'en as trop fait. Pour quelques premières années de bonheur, combien, par la suite, d'incompréhension et de tension. L'idée que les torts sont partagés n'arrange rien. Le contrat de divorce est en préparation. «Je fais l'expérience de quelque chose de très profond, Burak. La culture, les habitudes, la peur, l'éducation nous empêchent de comprendre en totalité le monde de l'autre.

— Dans ce cas, pourquoi attaquez-vous mon pays ? Attaquez-vous plutôt à vous-même. Vous y verriez plus clair.

— Vous n'êtes pas une terre d'accueil. Toutes les organisations internationales le disent. C'est la seule chose que je vous reproche. Vous n'êtes pas ouvert sur le monde. Vous êtes des hypocrites. Votre tourisme consiste à vendre vos produits, votre pseudo culture ottomane, vos spécialités. Ce n'est pas ça, l'accueil.

— Qu'est-ce que c'est, Danilo bey, expliquez-moi.

— Je vais vous donner un exemple. La majorité des Turcs sont conditionnés à se méfier de tout ce qui vient d'ailleurs, en particulier sur le plan alimentaire. Vos restaurants servent leurs sempiternels plats. Quand un resto étranger s'installe quelque part, il ferme rapidement. Les Turcs le boycottent. Aucune invention, aucun apport étranger. Votre sentiment de supériorité m'est insupportable.

— Alors, partez ! Et qu'on n'en parle plus ».

L'affrontement se poursuivit jusqu'à ce qu'il termine son capuccino. Je me levai. Les raisons qu'il avait eues pour me dénoncer, je ne voulais plus les entendre. J'avais en face de moi un soldat de la nation turque.

« Vous partez ?

— Oui.

— Nous n'avons pas commencé à…

— Ce n'est plus la peine.

— Vous avez tort.

— J'en ai assez. Gardez vos raisons ».

Je quittai l'établissement sans me retourner. Dans une grande fureur.

Je croisai un individu, alcoolisé ou mal en point, à vérifier, qui me gratifia d'un *Salam Aleiküm*. Au lieu de lui retourner son salut, je lui dis en français : Va te faire foutre ». Assez lâche de ma part, vu qu'il n'a aucune chance de comprendre. Un peu plus tard, à peine moins énervé, j'entrai dans une pharmacie. Le vendeur à qui je demandais s'il avait des masques de protection me répondit par la négative d'une façon si sèche, en se tournant vers la cliente suivante, que, n'eût été la crainte du virus, je lui aurais foutu mon poing sur la gueule. Je quittai l'officine en déversant, toujours en français, un chapelet d'injures. On aurait dit que j'étais accusé. Il n'allait pas vendre des bons masques à des étrangers qui étaient responsables de la propagation de l'épidémie. Salopard, lui criai-je.

« Comment ça s'est passé avec Burak ? » me demanda un peu plus tard Hakan.

Je ne parvenais pas à penser à autre chose qu'à ce pharmacien qui avait refusé de me vendre un masque. J'en avais oublié mon dénonciateur.

« Mais non, affirma Hakan après avoir entendu mon récit. C'est totalement impossible.

— Avec toi, de toute façon, c'est toujours impossible. Je n'ai jamais raison.

— Mais… Il n'en avait pas, c'est tout. Qu'est-ce que tu vas chercher ?

— Il m'a jeté un regard horrible, m'écriai-je en retenant mes larmes. Encore un pauvre type qui rejette la faute sur les étrangers ».

Hakan prit une longue respiration.

« Je vais te démontrer que tu te trompes. On va aller ensemble dans une autre pharmacie, et tu vas demander un masque. D'accord ?

— D'accord. Dans le quartier d'Istanbul où j'habite, j'ai l'impression d'être retourné au Moyen Âge ».

13

On fut accueillis par deux jeunes pharmaciennes que j'aurais épousées l'une et l'autre successivement sans la moindre hésitation. Le contraire du monstre qui m'avait rembarré.

« Il nous en reste deux. Vous les voulez ?

— Oui ».

Hakan jubilait.

« Tu vois, tu vois, répéta-t-il.

— Oui, je vois. Je ne suis ni aveugle ni de mauvaise foi ».

Sur ce dernier point rien n'est moins sûr. Je ne serais pas étonné d'apprendre que j'ai été déclaré positif à la mauvaise foi. Je crève d'envie de fuir, je rêve du jour où je quitterai cette prison de pays. À cause de ce foutu virus, je ne peux plus. Les frontières sont fermées. Personne ne sait combien de temps va durer l'interdiction.

« Allons-nous asseoir au bord du Haliç.

— Tu as vu ces femmes ? Mon pays c'est ça.

— Ton pays, c'est ça ? Entre autres. Je n'ai probablement pas de chance. Je suis tombé sur toute une série d'énergumènes avec lesquels je n'ai pas réussi à m'entendre ».

Sur le chemin on aperçut, à la devanture d'un restaurant, une carte de la Turquie qui barrait la moitié de la vitre. J'ai tracé du doigt un large cercle qui correspondait à la quasi-totalité du pays. « Qu'est-ce que tu fais ?

— Je veux te montrer quelque chose. Ce rond que je forme si facilement, tu vois, vous l'appelez Anatolie. On pourrait aussi l'appeler Arménie, ou ancienne Arménie. On ne le fait pas et on gomme le passé, alors que les Arméniens n'ont pas tous disparu de la terre.

— Et alors ?

— Rien. Pour te dire que les frontières, ça n'a pas d'existence très longue. Passons, tu ne veux rien comprendre ».

On traversa l'avenue et on parvint à l'embarcadère de Balat.

« Tu te sens bien ?

— Pourquoi tu me demandes ça ?

— Comme ça.

— Je ne vais pas me faire tester pour le virus. Ils font des tests ?

— Non. Faut des symptômes.

— J'en ai pas », dis-je en riant et en toussant fort.

Je n'ai pas eu de chance. Ma théorie est la suivante : j'ai rencontré un pourcentage élevé de gens mal élevés et tordus. Les seuls avec lesquels j'ai pu m'entendre n'étaient pas Turcs. De deux choses l'une : soit je suis raciste soit le hasard n'a pas joué en ma faveur. Je penche pour la deuxième hypothèse. Ou, ni l'une ni l'autre, je reviens en arrière. Je ne m'entends qu'avec ceux qui ont une vie et une pensée décalée par rapport à la norme. Comme par exemple, Hakan. Il m'a appris hier que dans sa famille on pratique le tengrisme, une religion presque oubliée, qui remonte à loin. Je suis tombé des nues. Je l'imaginais musulman. Il resterait quelques centaines de milliers de Tengristes en Turquie, qui résistent au rouleau compresseur de la religion dominante. Il y a une fragilité chez lui qui découle peut-être de cette appartenance religieuse, ou peut-être pas. Sa collègue Antuanet, elle aussi, est différente. Sa famille est de religion orthodoxe. Elle parle le grec qu'elle a appris dans un lycée de Fener. Pourquoi faut-il que je m'entende avec eux, et pas avec les autres qui forment le bataillon dur de la nationalité ?

« Ah, justement, j'allais te raconter…

— À propos du virus ? »

Je m'arrêtai juste à temps. Non, surtout pas. Impossible de lui raconter. J'ai failli avouer à Hakan quelque chose d'assez grave.

Je l'ai virtuellement trompé, alors qu'on se connaît depuis peu. Est-ce plus légitime de tromper après deux ou trois ans ? Si je ne suis pas passé à l'acte, c'est grâce au virus qui traîne et la peur qu'il engendre. J'ai refusé in extremis la rencontre. Un certain Emre, visage fermé, lèvres quasi absentes, m'envoie, voilà trois jours, un *Selam* (abrégé en slm) auquel je réponds. Il m'envoie aussitôt ses mensurations et détaille ses propositions. Suis un mec actif, bite de 18 cm, épaisse. Il évoque diverses positions. Je réponds distraitement, par désœuvrement. Il pense que je l'encourage, faux. Il parvient, je ne sais comment, à me faire accepter une rencontre. Ah je me souviens. Je venais de croiser le marchand de légumes, sa dernière sortie m'avait assommé. J'ai eu besoin de me changer les idées. Je lui dis d'abord non, ce n'est pas possible, Emre. Je ne vais pas passer mes nerfs avec un crétin sans lèvres et sans menton sous prétexte qu'on me harcèle quand j'achète trois tomates. Je lui répète non trois fois. Il insiste. Miracle de la lâcheté humaine, par fatigue, j'accepte. Je ne vois pas d'autre solution pour me débarrasser de lui. Le plus simple c'est encore de le rencontrer pour en finir une bonne fois, ça ne durera pas plus de dix minutes, il a prévenu qu'il était éjaculateur précoce, tant mieux. J'apprécie son honnêteté, je suis curieux de vérifier. Rendez-vous est fixé au lendemain midi. Le soir même, on annonce le début de la pandémie dans le pays. Je tiens une bonne raison pour me soustraire. Je lui annonce que c'est non.

« Pourquoi ?

— Le virus.

— Je peux te dire que la Turquie est le pays le plus sûr qui soit.

— Quoi ? »

Et je mets un terme à nos échanges. Quand, moins de trois jours plus tard, les journaux annoncèrent les premiers morts il se fit discret et cessa de m'envoyer ses messages.

Sans être superstitieux je me dis que c'est un signe, comme répètent un peu bêtement les apprentis mystiques. Je dois faire gaffe, il faut que je résiste. Le confinement va m'y contraindre.

« Non, non, c'est rien.

— Qu'est-ce que tu allais dire ?

— Rien, je t'assure.

— Pourquoi penses-tu toujours à tout ça, les pays, les…

— Parce que ça finit en guerre. Voilà pourquoi. Je vais te raconter quelque chose. Le 11 novembre 2018, tu sais où j'étais ? À Graz, en Autriche. Le 11 novembre, ça te rappelle quelque chose, Hakan ?

— Oui.

— Un ami serbe m'a permis d'assister à une scène à la fois banale et extraordinaire.

— Banale ou extraordinaire ?

— Les deux. Tu sais qui est Gavrilo Princip ?

— Pas du tout.

— C'est un nationaliste. Un pur et dur. C'est lui qui a assassiné l'archiduc François-Ferdinand à Sarajevo. La ville ne faisait plus partie de l'Empire ottoman, vu que les Autrichiens l'avaient annexée six ans plus tôt.

— Ok.

— Un des descendants du tueur, Branislav, est venu saluer et serrer la main de l'arrière-petite-fille de Ferdinand de Habsbourg lors d'une cérémonie à laquelle j'ai assisté. Eh bien, je vais te dire, Hakan, j'ai pleuré. Personne ne l'a vu, mais mes yeux étaient humides ».

14

« Pourquoi avez-vous fait ça ? »

Je suis blême, devant son camion. Les mains aux hanches.

— Vous posez une menace à la société », fit le marchand de légumes en continuant à servir ses clientes.

La police est venue m'arrêter ce matin. J'ai été détenu pendant plusieurs heures. Motif : suspicion de transmission de virus. Dénoncé par le marchand. Je ne me suis douté de rien. Il est le seul qui pouvait faire ça. On a sonné chez moi vers 10 heures du matin. J'ai enfilé un masque, j'ai ouvert.

Devant moi, deux agents en civil. Ils portent des masques et des gants fins en latex. Un bon mètre nous sépare. Ils restent sur le palier.

« Nous avons été contactés par un tiers, il affirme que vous êtes porteur du virus qui sévit actuellement en Turquie. Tout porteur de virus doit le déclarer.

— Je ne suis pas porteur.

— Veuillez nous suivre. Prenez quelques affaires avec vous.

— Vous suivre ?

— Nous devons vérifier.

— Pourquoi pas mes voisins ?

— Je vous répète. Nous avons été contactés par un tiers qui affirme que vous êtes porteur du virus qui sévit actuellement en Turquie. Tout porteur de virus doit le déclarer.

— Je ne suis pas porteur.

— Nous procédons selon l'article 432 du code pénal. ».

Je me suis appuyé contre la porte. Encore. Ça ne s'arrêtera jamais.

« Qui m'a dénoncé ?

— N'importe quel citoyen, lorsqu'il suspecte un individu d'être infecté d'un virus qui risque de contaminer autrui, doit informer la police ou les autorités sanitaires. C'est ce qui a été fait.

— Comment avez-vous eu mon adresse ?

— Le marchand d'eau. Il vous connaît bien ».

Je n'ai pas cherché à discuter davantage. Ils portent des gants pour m'empoigner si je résiste. Je suis allé me préparer. J'ai pris le chargeur du téléphone et ma brosse à dents électrique.

L'article 432 du code pénal turc ? Ça doit être la même chose en psychiatrie.

Je les ai suivis. Où m'emmènent-ils ? À l'hôpital, en prison ? Les voisins d'en face m'ont regardé de leur fenêtre. Pour une fois ils ont tiré les rideaux. La plupart du temps, ils se cachent derrière les vitres et fusillent du regard tout ce qui bouge. Tout ce petit monde m'observe.

Ils m'ont installé à l'arrière de leur véhicule. J'ai été contraint à porter un de leurs masques. Cette fois, c'est gratuit.

« Comment vous sentez-vous ? » questionna le médecin, bouille d'étudiant boutonneux.

Nous sommes dans un hôpital public près d'Ulubatlı.

« Je n'ai aucun symptôme. Je ne comprends pas ce que je fais ici.

— Ne vous inquiétez pas ».

J'ai droit à la liste complète des questions en attendant les résultats du test.

Ils m'ont installé dans un couloir de l'hôpital, un bâtiment isolé. Je suis partagé entre la stupeur et la rage d'avoir, à nouveau, été dénoncé. Je n'ai pas de doute, c'est le *Domatesçi,* le marchand de tomates. L'homme des primeurs qui sévit dans le quartier. Au début, j'aimais bien son folklore. Aubergines, pommes de terre, oignons... Les haut-parleurs qui déclinent les noms de légumes comme on décline une prière. Encore que les premiers jours, ça fait peur, ces hurlements. On pense à un coup d'état, des arrestations. Non, juste des patates. Je m'y suis habitué, avant de m'en lasser. Ça tient la route de la modernité, à condition que ça décroche d'une mentalité moyenâgeuse. Malheureusement ce n'est pas le cas. Le gus m'en veut depuis le premier jour. Il a décidé qu'à moi tout seul j'avais apporté le virus à son pays. Personne ne s'occupe de moi. On ne me regarde pas. Je tire une tronche qui ne doit pas inspirer l'empathie.

« Négatif, fit le docteur, une heure plus tard.

— Je le savais.

— Vous pouvez rentrer chez vous.

— Attendez !

— Quoi ?

— Je peux porter plainte contre celui qui a prétendu que je transmettais le virus ?

— Voyez ça avec la police. Pas avec moi ».

Les flics ont disparu. Je me retrouve isolé comme d'habitude. Personne pour m'aider. Personne avec qui discuter. Il me semble que le législateur a prévu des sanctions contre ceux qui dénoncent sans la moindre preuve. Sans quoi, on bascule dans un État mafieux, non ? Ou simplement efficace ?

« C'est une vengeance personnelle, j'en suis sûr », lui dis-je.

Il s'éloigna dans le couloir.

« Sachez que j'ai été déclaré négatif, espèce de crétin, m'écriai-je devant le marchand de primeurs.

— Oh oh, calmez-vous !

— Non, je ne me calmerai pas. Ça vous faisait marrer de vous payer un étranger ! Je vais porter plainte contre vous, salaud !

— Valait mieux que je me trompe, non ? »

Hakan m'attendait chez moi. Il me vit arriver par la fenêtre et se précipita. Quand les flics se sont pointés ce matin il est resté planqué dans le salon, par peur d'être lui aussi embarqué.

« Je ne mets plus les pieds dehors ! C'est le *domatesçi* qui a prévenu.

— Il a cru…

— Comment ça ?

— Il t'a vu porter un masque. Il s'est dit…

— C'est un fou furieux.

— Tu n'y peux rien. La mise en danger d'autrui est un délit, il s'en est tenu à ça.

— Est-ce que tu pourrais m'aider à déposer plainte contre lui ? »

À ses yeux je compris. Un frisson me parcourut. J'étais seul dans l'épreuve, et seul je resterai tant que je n'aurai pas fui ce pays.

J'ai eu envie de chialer. Il a raison. Ça ne sert à rien.

« Laisse-le. Oublie-le. Il considère que tu le provoques.

— Pourquoi tu dis ça ?

— Oublie-le ».

15

Parfois je suis un drôle de type, quand même. Le fait d'avoir été dénoncé, détenu et relâché m'a fait du bien. Un sentiment de paix m'a envahi. Je ne cherche pas à comprendre.

Le virus progresse. Les consignes des autorités sanitaires n'obligent pas à un confinement total. Elles préconisent même une petite sortie quotidienne. C'est ce que je fis dans les jours suivant ma courte détention. Lorsqu'il apparut que le simple fait de s'asseoir sur un banc n'était plus un acte innocent, l'alibi étant trouvé, je mis un terme aux balades.

« On peut marcher aujourd'hui, si tu veux, proposa Hakan.

— Ok.

— Ça te va ?

— Parfaitement. Mais tu sais, je suis un reclus dans l'âme. C'est un mode de vie qui m'est familier. Après, mon esprit de contradiction s'en mêle. Et là, ça se complique. Il suffit que je me rappelle que je vis dans une dictature, et que je n'ai pas le droit de sortir. Comme si j'étais en prison.

— Si tu veux ».

On partit se balader du côté d'Edirnekapı, le quartier d'Istanbul où je suis censé me terrer jusqu'à la fin de mes jours si je n'y mets pas le holà. La porte d'Edirne, à cinq cents mètres de chez moi, a eu le bref privilège de voir arriver le conquérant Mehmet II, du haut de ses 19 ans, un mardi du mois de mai 1453, en fin de journée. Selon un de mes amis, il ne faudrait rien accomplir le mardi : ce n'est pas le bon jour, paraît-il. Mehmet Fatih a prouvé le contraire. Les Turcs, ce jour-là, ont déjoué la superstition du mardi et pris la faible Constantinople abandonnée par ses alliés vénitiens.

« J'ai une idée, dis-je à Hakan.

— Quoi ?

— On va aller se balader dans le cimetière. On pourra s'asseoir.

— Où ?

— Sur les tombes. Le virus ne va pas aller traîner sur une tombe. Il n'y a jamais personne dans les allées du cimetière. On sera tranquilles.

— Ok ».

On passa sous la Porte. Par ce quasi-trou de souris, et d'autres le long des murailles assiégées, l'armée ottomane est entrée pour en finir avec l'Empire byzantin. Le monument est conservé en l'état, à peine restauré, la voute soutenue par un disgracieux pilier. Juste avant l'entrée, des taxis collectifs occupant l'espace commémoratif cassent la magie de l'Histoire. Pas sûr que les chauffeurs sachent même ce qui s'est passé dans le coin. Hakan s'arrêta pour lire le panneau qui racontait en trois lignes les faits survenus ce jour de mai 1453.

« Mes ancêtres sont tombés en esclavage depuis, lui dis-je.

— Notre président dit que la date marque l'ouverture d'une période des lumières pour le monde. Tes ancêtres ?

— Il dit ça ?

— Je crois qu'il a dit quelque chose dans ce goût.

— On le laisse dire. Il fait de Mehmet un sauveur ? Un peu d'humilité ne lui ferait pas de mal.

— Pourquoi tu dis tes ancêtres ?

— Je n'en sais rien. Comme ça. Je m'identifie à Constantinople. Je suis Constantinople ! Je ne crois pas que mes ancêtres étaient turcs ».

On passa devant les tombes des martyrs du coup d'état foiré de 2016.

« Pas là, fit Hakan. Pas là. Ils surveillent par caméras.

— Allons de l'autre côté. Je préfère les tombes plus rustiques. Celles-là puent la solennité patriotique ».

Ces derniers mots entendus par quelque collabo zélé du régime m'auraient sûrement valu une nouvelle demande d'emprisonnement après saisie de la justice sur ordre du gouvernement. On parvint au vrai cimetière, les tombes de familles anonymes, pour la plupart jamais visitées. J'étais sûr que le virus ne traînait pas au-dessus d'elles.

« Ça te va ?

— Asseyons-nous. Pourquoi es-tu obsédé par…

— Je ne suis obsédé par rien, le coupai-je. Par rien, sauf le sexe, parfois.

— Tu es obsédé par notre nation.

— Parce que mon cerveau n'a pas toutes les clés pour la comprendre. Il me le répète tout le temps. Il n'y comprend rien. Par ses représentants, votre nation n'a pas su me convaincre. Tu es la première personne à qui je peux communiquer quelques-unes de mes désillusions. Jusqu'ici je n'ai jamais eu le droit de m'exprimer clairement. Des amis m'ont rejeté dès que j'ai osé dire que quelque chose n'allait pas. Ils ont paniqué. Ils ne voulaient pas entendre.

— C'est parce qu'on ne peut rien faire.

— C'est pas une raison pour ne pas écouter ».

En août dernier, alors que je revenais d'un séjour à Belgrade, j'étais tombé dans la rue sur Hirant, un ami turc d'origine arménienne que j'ai connu voilà presque six ans. La rencontre a été suivie de plusieurs autres. Par le jeu subtil des malentendus et des oppositions de pensée nous avons fini par mettre un terme à nos relations. De façon sèche et brutale.

La rupture m'a ouvert les yeux. Les yeux, ils tentaient tous de me les fermer. J'ai commis l'erreur de confondre un individu et la collectivité à laquelle il appartient. Ne représentant que lui-même, il a réussi à m'entraîner sur une pente scabreuse : à travers lui j'ai vu le pays dans son ensemble.

À peiné étions-nous attablés autour d'un inévitable thé qu'il a pris les devants comme si, sachant que je rentrais de Belgrade, il souhaitait vérifier que je tenais Istanbul toujours en haute estime.

« J'ai vu les photos de Serbie que tu as postées. Ça s'est bien passé, on dirait.

— Très bien.

— La vie est chère ?

— Plus qu'ici, mais en retour on reçoit davantage ».

À juste titre, la remarque l'alerta. « Qu'est-ce que tu veux dire par là ? Tu reçois davantage ?

— Si tu prends en compte la qualité, la diversité, le niveau de vie est meilleur. On se sent mieux. L'alimentaire, par exemple. Les magasins sont fabuleux. Ici, la nullité résulte d'un choix idéologique, ce n'est pas une question économique. Le régime décide de ce qu'on doit manger. Pas là-bas. On ne veut pas que les Turcs connaissent autre chose que la soupe aux lentilles. Le conditionnement dès l'enfance est tel que l'extrême majorité n'a même pas envie d'essayer autre chose. Et quand ils essayent, la plupart rechignent, ils n'aiment pas. Ça n'a pas le bon goût de la Turquie ».

Je vis Hirant sourire et blêmir en même temps. J'ai tapé un peu fort, je reconnais. C'est comme ça. J'exagère pour créer une situation de dialogue. Ici ça ne marche pas très bien. Personne ne s'intéresse à mes débordements.

« Ça ne m'étonnerait pas que tu vendes ta maison de Balat pour t'en acheter une autre là-bas, non ? »

Il allait vite en besogne. Je sentis le commencement du rejet. À critiquer le pays j'en perdais ma légitimité à y vivre. Même les gens issus des minorités doivent se calquer sur le modèle unique qui leur est proposé. La critique apparaît comme indécente.

« C'est bien possible, répliquai-je. Et pour me venger, j'ajoutai aussitôt : Tu vois, Hirant, je ne supporte pas l'étroitesse de la société turque. Ni son régime politique. Je veux l'Europe ». Cette dernière phrase sans finesse, jamais je n'aurais imaginé un jour la prononcer. Vouloir l'Europe ? J'essaye de lui faire comprendre, par la brutalité d'une formule que prononcent les migrants, tout ce qu'il ne veut pas voir, lui qui n'a pas mis les pieds hors de son pays depuis plus de quarante ans. J'ai envie de le provoquer : le monde, la bouffe, ça ne se limite pas à cette ville. Tu es Arménien. Ça n'arrange pas les choses, au fond. Arménien d'Istanbul. Ils ont réussi à te formater. Tu n'y es pour rien. Mais pourquoi ça te gêne quand je parle d'Europe ? Il posa sa tasse de thé. Il préparait son attaque.

« Danilo, ce n'est pas pour t'influencer… »

Ça commence mal. Je redoute le paternalisme, l'arme redoutable du paternalisme.

« Ni te faire changer d'idée. Mais moi, je ne prendrai pas des décisions sans bien réfléchir… »

Qui t'a dit que j'allais partir ? Tu extrapoles. Ton inconscient a décidé que je devais partir ?

« … Sur des sujets pareils. Visiter un pays comme touriste et y vivre sont deux choses complètement différentes… »

Tu t'imagines que je l'ignore ?

« Je n'ai pris aucune décision, cher Hirant. La seule chose que je peux dire, c'est que je la prendrai seul ».

— Bien sûr. Au fond, ça ne me regarde pas. Je m'excuse ».

Ce jour-là, je compris le caractère conditionnel de notre relation. Nous n'étions pas libres. Nous étions pris dans un système où la parole était contrôlée. En m'affranchissant je déviais de la norme qu'il avait fixée. La dureté et l'autoritarisme s'écoulaient dans les interstices du paradis turc.

« Quand tu dis : je la prendrai seul, tu veux dire par là que ça ne me regarde pas, c'est ça ? Tu sais que mon vocabulaire et ma compréhension du français sont assez limités. C'est ce que tu as voulu dire ? »

Son ego était ébranlé.

« Non. Je ne veux pas dire que ça ne te regarde pas. Je veux dire qu'il s'agit de sujets personnels difficiles. Il est préférable de ne pas être trop influencé ».

16

Les fausses amitiés se craquellent. Maintenant que je semblais regarder son pays avec des yeux d'opposant, il manifestait son hostilité. Il m'avait collé une étiquette d'amoureux d'Istanbul. Voilà que j'étais en train de la décoller sans sa permission.

Je l'avais distrait de son ennui. A sa décharge il avait été témoin de mes premières années d'amour gaga avec la Turquie. Lui-même à l'époque critiquait vertement le régime, il avait même envisagé de passer plusieurs mois par an en France. Sans doute, pour rafraîchir ses neurones. Je lui avais dressé un tableau idyllique de son propre pays auquel il n'avait jamais cru. Il n'avait pas essayé de me détromper. Et soudain, sans crier gare, je faisais marche arrière. Il n'y comprenait plus rien. Mon attitude le révoltait. Ses réflexes nationalistes guettaient à présent dans l'ombre.

« Ah d'accord, j'avais mal compris », dit-il enfin.

On se quitta assez froidement. Piégé par l'irrépressible besoin chez les sujets turcs d'être en toute circonstance polis, il avait multiplié les sous-entendus et les attaques souterraines dans un souci étrange de compensation. Je reliais ses remarques au rapport à l'Histoire qui s'affichait au plus haut comme au plus bas niveau de la société. La négation de faits historiques ne percutait pas l'État seul. Elle avait des résonances dans le comportement de n'importe quel citoyen, fût-il Arménien. Le mensonge permettait de protéger la nation.

Moins de deux jours plus tard, il m'écrivit un message qui me transforma en accusé.

« Cher Danilo, il me semble (dis-moi si je me trompe) que tu changes très vite d'opinions. Elles sont contradictoires entre elles. Comment expliques-tu cela ? L'une des premières fois où l'on s'est rencontré, tu m'as dit : je ne supporte pas les gens à Paris, j'ai envie de m'installer à Istanbul…

— Je ne t'ai jamais dit ça en ces termes, tentai-je de me justifier.

— Les termes exacts, je ne me les rappelle pas. Mais je suis sûr que c'est ce que tu voulais dire.

— Possible, admis-je.

— Et maintenant tu dis que tu ne supportes pas l'étroitesse de la société turque.

— Oui.

— À ton âge et au mien, sûr, nous n'avons pas besoin des conseils de quiconque. Nous ne sommes plus des gamins. Nous n'allons pas changer maintenant. C'est trop tard ».

Je faillis lui répliquer : Parle pour toi. Moi, je change tous les jours, à chaque fois que je prends ma douche.

« Tu veux en arriver où, Hirant ?

— Je veux te dire… On est des copains, j'aimerais comprendre pourquoi ton humeur et tes avis changent si vite ».

Copain ? Je n'ai jamais aimé ce mot-là. Maintenant je sais pourquoi.

« L'autre jour, au café, tu as parlé de l'étroitesse de la société turque, tu te souviens ? Et avant, tu parlais de l'arrogance des Parisiens. Tu mets tout le monde dans le même sac ? Moi aussi ? Je suis concerné par ton observation ? »

« Et tous les Parisiens, tous les Stambouliotes dans le même panier, ajouta-t-il après un moment.

— Tu n'as pas compris.

— Non, bien sûr, je ne comprends rien ».

Je sentis sa fureur. Vexation toute masculine. Qu'il ait raison ou tort m'indifférait. Il empiétait sur ma vie. Il m'interpellait comme si j'avais commis un crime et devais lui rendre des comptes. Oui, j'avais changé d'avis. Oui, je m'étais trompé. Pourquoi fallait-il perpétuer le mensonge ?

« Danilo, je pense que tu es quelqu'un de très intelligent, me gratifia-t-il, grand seigneur. Tu comprends ce que je veux dire. Mes commentaires sur ton humeur ne te plaisent pas. Je fais comme toi. Je dis ce que je pense ».

Il mettait sur le même plan une remarque sur la société de son pays et la nature changeante de mes opinions.

« Sans rancune, Danilo, comme on dit en français. Bonne journée et bien amicalement.

— Hirant, je vais te dire. Je ne pouvais pas savoir à l'avance. J'ai découvert des choses auxquelles je ne m'attendais pas.

— Ah oui ?

— Mes opinions évoluent. Elles ne sont pas inscrites dans le marbre. Désolé de t'avoir blessé avec mes remarques. Je les garderai dorénavant pour moi. Bonne journée.

— Je t'en prie, Danilo, je t'en prie. Ce n'est pas grave. La vie m'a appris que ce n'est pas en changeant de lieu qu'on trouve le bonheur. Il réside plutôt en nous-mêmes, dans notre personnalité, notre façon de voir les choses. Je ne t'en veux pas, ne t'inquiète pas ».

Je traduisis : avec mes changements d'idées à toute berzingue j'étais mal barré pour le bonheur. J'étais un débile profond. Avoir imaginé qu'en déménageant je trouverais le bonheur. Le caractère intrusif de ses remarques m'alerta. Je pris la décision de ne plus communiquer avec lui.

Il ne vit pas les choses ainsi. Il lança presque aussitôt contre moi une campagne de harcèlement déguisée, à l'instar du marchand de tomates quelques mois plus tard. Ce pays ne serait jamais tendre avec moi ? J'avais changé de statut. Il estimait avoir le droit d'exercer une pression sur moi, comme si l'équilibre du monde était en jeu et que j'étais embarqué dans le bateau turc comme n'importe quel autre citoyen. Il voulait en découdre. Alla turca. Poliment, sans se lasser. Jusqu'à la victoire. Comme avec les Grecs. Avec l'espoir de me faire plier. Jusqu'à ce que je le supplie. Jusqu'à ce que je lui dise qu'il avait raison, que je n'étais qu'une grosse merde.

Deux jours plus tard, devant mon silence, il m'adressa un nouvel ultimatum.

« Nous avons, toi et moi, atteint un âge qui nous permet de ne pas nous démoraliser si l'autre ne nous aime plus. À mon âge je ne vais pas me torturer parce que quelqu'un ne m'aime pas. Que je te plaise ou que je te déplaise, ça m'est égal. Il y a des choses bien plus importantes dans la vie. Et je vais te dire, la vie m'a enseigné ceci : on n'a rien contre rien. Si je te plais comme copain, alors tu me plairas. Si tu es sympa avec moi, je le serai aussi. Si tu me supportes, je te supporterai ».

Je crus défaillir ! L'envie de casser mon écran qui renvoyait des mots d'une telle infantilité prit le pas sur tout autre désir de réconciliation avec lui. Etait-ce possible ? On ne grandissait jamais ? Il fallait toujours retrouver les réflexes de la cour de récréation ?

« Tu n'as pas répondu à mon appel téléphonique ni à ma question. Je ne sais pas pourquoi. Tu m'en veux ? Tu es rancunier ? Ce que je t'ai dit l'autre jour sur toi, ton caractère ? Tu es susceptible ? »

Je n'en croyais pas mes yeux. Psychologisme assumé. Une photo de son cul et de sa bite en érection m'aurait paru moins obscène.

« Nous sommes tous susceptibles parfois, n'est-ce pas, mais a-t-on raison ? Et la rancune, a-t-on raison ? Enfin, comme je ne te connais pas très bien, je ne veux pas te juger, mais ton comportement me fait penser à tout ça. Excuse-moi si j'ai fait beaucoup de fautes d'orthographe ou de grammaire. Bonne soirée ».

Les fautes de français ne constituaient pas un crime.

17

Les espoirs qu'il avait fondés sur notre amitié prenaient l'eau.
Il avait suffi de quelques phrases. Au lieu de recourir au temps,
seul maître désintéressé qu'on peut suivre les yeux fermés, dès
le lendemain il reprit ses attaques. Cette fois, il se fit philosophe. Les sages grecs applaudirent des confins de l'espace. Il
commença par une expression dont la profondeur m'inquiéta.
« Le long de notre vie nous serons parfois aimés, parfois non.
On nous trouvera comme ci, comme ça… »
Bla-bla, darling, pensai-je.
« On ne sera pas aimés par certains en fonction d'attitudes,
d'actes, de paroles ».
Il me délivrait un cours auquel je ne m'étais pas inscrit.
« … ou d'autres raisons qui sont parfois valables, parfois ab-
surdes. L'inverse de cette théorie n'est pas possible. Alors ce
n'est pas la peine de se casser la gueule ! Bonne soirée ».
Abscons. Il s'était emmêlé les pinceaux. Quel était l'inverse de
la théorie ? Il semblait suggérer qu'il n'était pas utile d'en venir
aux mains ? Je m'en félicitai et déduisis qu'il se résignait à la
pause de notre amitié. Ce ne fut vrai que jusqu'au matin suivant. Mon cerveau, rendu fébrile, s'emballa sur tout autre
chose.
L'administration turque m'infligea de nouveaux revers. Je fis
le lien avec Hirant. On produit de la bureaucratie comme on
produit des banalités. Je restai sur mes gardes.
« Bonjour, Danilo, reprit mon fidèle correspondant. Comme je
te connais depuis un bout de temps déjà et qu'on s'est souvent
rencontrés, je me permets de te réécrire. Je n'oublie pas nos
moments d'amitié. Je voudrais, ce matin, te parler de quelques

traits de ton caractère afin que tu te rendes compte de qui tu es vraiment... »

Il avait travaillé ses dossiers pendant la nuit.

« Souvent quelqu'un en face de nous peut mieux appréhender nos points forts, nos points faibles. Nous sommes souvent incapables de les voir ».

Devant des propos d'une telle profondeur, que répondre ? J'étais prêt à signer sur l'heure une pétition pour qu'on lui accorde une chaire en Sorbonne à la rentrée prochaine. Je bouillais d'impatience. Qu'allait-il m'apprendre sur moi ? L'avocat général ne garda pas le suspense longtemps. Il déversa sa haine de façon méthodique et savante, conservant le ton coincé et hypocrite qui faisait sa force. Sur une thématique à laquelle je ne m'attendais pas.

« Dernièrement tu es allé en Serbie. Tu as mangé des plats qui t'ont plu. Je pense que tu pourrais trouver les mêmes en Turquie, non ? Tu as dit des choses graves l'autre jour, au café. Après « les mauvais plats » que tu avais mangés à Istanbul, tu te réjouissais de connaître la cuisine serbe pour échapper à la nôtre. Tu ne peux pas savoir à quel point j'ai été choqué d'entendre ça. Je ne t'ai rien dit sur le moment, mais j'ai pensé : c'est monstrueux. Je suis Stambouliote, cela m'a vraiment étonné et attristé. Je me souviens du temps où, au contraire, tu disais à quel point la cuisine turque, la cuisine à Istanbul, te plaisait. Et tu citais tous les plats que tu aimais. Tu n'as pas oublié, quand même ? De toute façon, que ce soit en Turquie ou en Serbie on trouve des bons et des mauvais restaurants partout. On ne peut pas généraliser comme tu le fais. Le monde entier dit le contraire de ce que tu prétends. La cuisine turque est une des meilleures du monde... »

Je l'avais atteint en plein cœur ! Un coup de poignard. Il avait toujours pensé que la cuisine de son pays était la meilleure, et un morveux ignorant venait prétendre que cette saleté de cuisine serbe, dont personne n'avait jamais entendu parler, valait la sienne. L'orgueil national puise sa force dans la suprématie culinaire, une arme à part entière dans le processus de domination mondiale d'un pays sur l'autre. J'avais osé. J'avais comparé, devant lui, sans me gêner, les deux pays, et avais estimé que la Turquie contemporaine avait perdu la bataille. Amputée des communautés qui avaient fait la force de l'Empire ottoman, elle en était réduite à ressasser tristement ses plats principaux privés de ses créateurs. Mehmet le conquérant, le cher Mehmet n'avait pas perdu le nord quand il transporta ses cuisines de sa capitale Edirne à Constantinople qu'il venait d'envahir. Son plat préféré alliait le miel, l'amande et le pruneau à l'agneau. Lors de la migration des Turcs de l'Asie centrale à l'ancienne Arménie, disons l'Anatolie, et dans les époques qui suivirent avec la création des empires seldjoukide et ottoman, les anciens nomades ne se sont pas privés d'interagir avec d'autres communautés rencontrées sur la route. L'interaction avec les Arméniens, les Grecs et tous les autres s'est reflétée dans la cuisine. L'agneau de Mehmet doit beaucoup aux Perses et aux Romains. La cuisine ottomane est devenue l'une des plus grandes fusions culinaires du monde, un ensemble de rapts élégamment présentés, l'épée empruntant au couteau de cuisine son meilleur équipement pour convaincre de sa puissance. C'est à cet héritage auquel Hirant se référait. Je l'aurais cru sans faire d'histoire si le processus créatif ne s'était pas arrêté en chemin. La cuisine moyenâgeuse de l'Empire ne me convenait pas. Les ragouts de Mehmet, qui faisaient également la grandeur de la cuisine marocaine, gras et indigestes, ne titillaient pas mes papilles, n'en déplaise à mon ami.

Une des meilleures cuisines du monde, disait-il. Il est intéressant d'observer que dans chacun des 194 pays qui composent notre monde terrestre on affirme la même chose, avec ou sans conviction, ça dépend de l'arrogance des uns et des autres : notre cuisine est la meilleure. Je ne donne pas un kopeck de la vôtre.

J'avais décidé de me servir de cet argument mesquin pour trahir la Turquie au profit de la Serbie.

« Ce n'est pas la seule chose qui m'a choqué, Danilo, reprit-il. Tu as dit que tu avais voulu fuir les mauvais côtés de l'Europe et de Paris. Tu étais soi-disant venu t'installer en Turquie pour ça. Et maintenant, tu critiques tout, notre société, notre culture, tu ne veux plus de mon pays, tu veux retourner en Europe, tu veux l'Europe ! Pourtant, tu as souvent fait des allers-retours. Comment se fait-il que tu n'aies pas vu plus tôt où tu mettais les pieds ? Tu es quelqu'un d'intelligent, cultivé, un médecin qui a voyagé dans de nombreux pays. Est-ce que tu n'as pas eu le loisir de comprendre tout ça plus tôt ? »

La réponse est non. L'intellect, cher Hirant, n'a rien à voir dans l'affaire qui nous préoccupe. On ne comprend les choses que lorsqu'on va au bout de soi. On n'a pas besoin de s'approcher du feu pour savoir qu'il est susceptible de nous réduire en poussière. Les pays, ou les amours, si. La pensée n'est d'aucun secours.

« Comme tu le sais, il y a ici des gens cultivés, comme dans toutes les sociétés ».

Ça n'a rien à voir avec l'intellect, Hirant. Pourquoi insistes-tu ?

« Je remarque que tu n'es jamais content, reprit-il, rageur. Jamais satisfait. Tu trouves toujours quelque chose à critiquer. C'est une caractéristique purement française, n'est-ce pas ? Comme dit le dicton « le Français n'est jamais content ».

Et lui, il gobait son pays jusqu'à l'urine !

« Désolé, Danilo, ça te fera peut-être mal, tant pis. Des fois, malgré que ça nous fasse mal, il est bien de connaître nos vérités, n'est-ce pas ? C'est juste pour que tu saches. Je m'excuse encore une fois pour mes fautes de français. Je te souhaite une bonne fin de semaine, sans rancune... »

Il s'appropriait la vérité. Ça avait quelque chose de touchant. Il la détenait dans ses mains comme on détient un portefeuille rempli de faux billets. Je me fis la réflexion suivante : j'avais été « copain » avec un individu fragile, fané, qui craignait la moindre secousse.

Ses excuses concernant le français me gênaient. Il trouvait normal d'être intrusif mais regrettait de ne pas maîtriser parfaitement la syntaxe d'une langue qu'il avait apprise dans un des établissements ouverts sous l'Empire ottoman pour parfaire l'éducation des jeunes Turcs promis à devenir, si possible, l'élite de la nation.

« Je crois que ça suffit, Hirant. Tu comprends ? Ça suffit. Je n'ai aucun compte à te rendre. Ni sur ce que je pense aujourd'hui ni sur ce que j'ai pu penser par le passé, ni sur ce que je penserai demain. Merci de ne pas répondre. Ces discussions avec toi hélas ne m'intéressent pas. Elles sont closes pour moi ».

Je mentais. Elles étaient du plus haut intérêt, dans la mesure où grâce à elles je comprenais pourquoi je voulais fuir ce pays. Il ne respecta pas ma demande de silence et m'adressa un ultime message. Il voulait avoir le dernier mot.

« D'accord, Danilo, comme tu veux ! Alors je ne t'écrirai plus... Bien sûr que nous n'avons pas de comptes à nous rendre réciproquement, ce n'est pas dans cette optique que je t'ai écrit. J'ai pensé que ça pourrait te faire du bien, ça pourrait t'aider ! Sinon j'accepte les gens et mes amis tels qu'ils sont. Personne n'est parfait, moi non plus... Si tu veux, tu peux me critiquer aussi, m'annoncer les côtés qui ne te plaisent pas. Je suis ouvert aux commentaires et aux critiques, ça peut aider à mieux me connaître. L'ami dit ce que l'on n'aime pas entendre, selon un dicton turc. L'ami véritable ne cachera rien à l'autre, même s'il le vexe. Il dira la vérité. Porte-toi bien ».

18

« Tu comprends maintenant pourquoi, dis-je à Hakan en essuyant la poussière du marbre funéraire de la tombe sur laquelle j'étais assis, j'ai préféré prendre mes distances avec lui.

— Les bonnes personnes gardent leur lucidité jusqu'au dernier souffle, fit-il d'un ton méditatif. Je comprends.

— Pourquoi tu dis ça ? Quel rapport ?

— Ton ami me fait penser à ça. Je l'imagine bien perdant peu à peu la raison, à force de ne jamais rien remettre en question.

— Voilà. Tu as raison. Il finira gâteux ».

On repartit dans l'autre sens, vers Edirnekapı. Personne dans les allées, sauf quelques jardiniers qui s'occupaient des tombes des martyrs de la république turque.

« Descendons par là. Je veux voir où en sont les travaux dans l'église Saint-Sauveur.

— Kariye ?

— Oui ».

Un nouveau procès menaçait le musée de Saint-Sauveur-in-Chora. Ancienne église byzantine du cinquième siècle devenue mosquée après l'arrivée des Ottomans, elle avait été désacralisée en 1948 à l'exemple de Sainte-Sophie une décennie plus tôt. Depuis l'arrivée au pouvoir du néo-sultan d'Istanbul au début du vingt-et-unième siècle, on tentait d'écraser à nouveau l'adversaire chrétien qui n'existait plus, histoire de le tuer une deuxième fois. On visait la Grèce en jouant quitte ou double pour se développer en méditerranée orientale et accaparer les ressources minières autour de Chypre. La religion n'était qu'un des moyens de la diplomatie pour faire céder l'adversaire et endosser le costume vintage du futur Empire ottoman qu'on espérait naïvement redessiner comme si l'Histoire était un jeu qu'on utilisait à sa guise et qu'elle permettait ces aller-retours d'un coup de baguette décrété au nom du Très-Haut. On s'en prenait au projet kémaliste. Ce qui avait été mosquée un jour devait le redevenir. Sans quoi, Dieu allait faire pan pan. On prenait sans scrupule un chef d'œuvre en otage. Neutralisé en musée, Kariye faisait du bien à tous. À la manœuvre, les néo-Ottomans rigolaient de la diplomatie kémalienne. Qu'on en finisse une fois pour toutes, se régalaient-ils, qu'elle crève, tout en jouant la comédie de l'attachement au père de la nation. On allait revenir aux sources de la guerre, aux sources de la vie. Aux sources de la foi.

« Je vais te dire, Hakan, c'est une chose dégueulasse qui se passe dans ce pays. Qu'est-ce que ça peut leur foutre ? Ils bloquent la restauration de l'église parce qu'ils attendent qu'une décision de justice leur donne raison. Pour l'instant, ils n'y sont pas parvenus. Ils reviennent à la charge. Inlassablement. Sans obtenir des juges le résultat qu'ils espèrent.

— Ils l'obtiendront ?

— Probablement. Ils misent sur le temps. Ils continuent jusqu'à ce que leurs godillots de juges leur donnent raison. Ils attaquent le principe juridique qui a conduit à la transformation de la mosquée en musée. Une mosquée ne peut pas servir à autre chose que ce pour quoi elle a été conçue. Sa transformation en musée était illégale, disent-ils. Sauf qu'elle doit son statut à un coup de force militaire. C'est légal, une invasion ? Ils oublient qu'elle a été église pendant mille ans. Ils ont la haine d'eux-mêmes. Il n'y a rien qu'ils aiment autant que leur armée. Le pouvoir turc dans ses basses œuvres, là où il excelle, là où on le reconnaît de loin. Ce sont des obscurantistes revanchards et bornés. Ils n'ont jamais suffisamment gagné sur leurs adversaires. Ils aiment voir leurs ennemis imaginaires se ronger les sangs ».

On arriva devant l'édifice barricadé, amoché, rendu presque invisible par les échafaudages. Rien pour expliquer les retards dans les travaux. Des panneaux mensongers laissaient croire à une restauration classique pendant qu'en secret ils se préparaient à envahir le bâtiment une deuxième fois. La bataille judiciaire était sans précédent. Ils s'en prenaient à Sainte-Sophie, autre symbole à tuer au plus vite.

« Je vais te dire un truc, Hakan. S'ils arrivent à leurs fins, ils provoqueront ce qu'ils recherchent, un séisme. Les Grecs fermeront les frontières, ce sera…

— Ce sera rien du tout, Danilo.

— Tu crois ça ? S'ils mènent ce projet à son terme, personne ne sait ce qui se passera. En 1914, qui aurait pensé qu'une simple visite d'État déclencherait la Première guerre mondiale ? Sauf que l'arrivée du prince hériter à Sarajevo a été vécue comme une véritable provocation de l'Autriche. D'où l'assassinat. À peu près tout le monde sur place savait qu'il aurait lieu. Des fanatiques à la solde d'officiers serbes qui œuvraient en sous-main. Je le sais, parce qu'un de mes ancêtres était officier dans les années 1910, il l'a raconté à mon grand-père et à mon père. Il était à Sarajevo en 14. Ils ont filé un coup de main aux Bosniaques contre les Autrichiens. Ce sont eux qui ont armé le tueur. Et ils n'ont pas eu tort, vu que la Serbie a toujours voulu récupérer la Bosnie que ces salauds d'Autrichiens lui ont piquée.

— Les Turcs n'ont pas bougé ?

— Non. Ils n'allaient pas soutenir les Serbes. Ils se sont rangés du côté des Autrichiens. Entre puissances occupantes on se comprend.

— Je ne vois aucun rapport avec cette église.

— Il n'y en a aucun. Sauf qu'une guerre peut se déclencher sur n'importe quel prétexte. Ce serait une grave provocation. Loin de moi l'idée de nuire à la Turquie !

— Comment dois-je le prendre ?

— En Turquie un dictateur chasse l'autre. Ça fonctionne comme ça. L'idée de puissance et de conquête n'est jamais absente du débat. C'est comme ça depuis qu'ils ont quitté les steppes d'Asie. Un bail. Combien ? Deux mille ans ? Un peu plus, non ? Et tu veux que moi, Européen, je finisse mes jours avec des gens pareils ? Je reviendrai quand ils auront remis la religion à sa place.

— Laquelle ?

— Hors de l'espace public. Et quand ils se seront réconciliés avec tous ceux qui les haïssent ».

J'étais furieux. Le fait d'habiter à moins de cinquante mètres de l'édifice controversé redoublait ma colère. Le sentiment d'impuissance m'était insupportable. La vie continuait dans l'indifférence totale des riverains. Le passé était gommé. L'entre-soi dans toute sa splendeur. On évite jusqu'au contact mémoriel avec ceux qui ne font plus partie du groupe.

Je comprenais mieux d'où venait parfois cette impression folle que je ressentais en me promenant dans le quartier : il manquait quelqu'un. Le corps social avait été amputé. Il manquait quelqu'un. Comme si j'étais le rescapé d'un cataclysme. Je continuais, non sans douleur, à rechercher les survivants. Après chaque promenade je rentrais chez moi toujours plus seul. Les habitants actuels ne se souvenaient pas, ils ne comprenaient pas pourquoi je paraissais si troublé. Et quand la vieille Kariye redeviendrait mosquée, on aurait définitivement enterré le passé, légitimé les expulsions, les départs volontaires ou forcés.

Je ne pouvais pas continuer à vivre dans un périmètre aussi entaché de mépris, d'oubli de ses défunts d'une autre religion. La vie qui battait en moi ne le voulait pas. Elle voulait que je parte, que je dise non à ces trahisons. Mais il fallait du temps pour m'habituer à la douleur du nouveau partir qui viendrait.

19

On entra à l'intérieur de l'église admirer les mosaïques et les fresques. Recouvertes de chaux pendant la période musulmane, elles avaient vaincu le long silence par une époustouflante restauration commencée dans les années cinquante.

« Ils ne les ont pas détruites, c'est déjà ça. Juste cachées.

— C'est tout petit, dit Hakan.

— Tu n'étais jamais venu ?

— Non ».

Pourquoi serait-il venu alors que ses compatriotes n'y mettaient jamais les pieds ? Ils attendaient sans doute son retour dans le giron mosquée pour la retrouver. Dans la boutique de souvenirs du musée je tombai nez à nez avec une de mes connaissances françaises, Anne-Marie Prigent.

« Vous ici ! s'écria-t-elle dans sa longue jupe évasée à volants léopard qui entourait son imposante silhouette, en reculant d'un pas comme c'était devenu la mode depuis l'arrivée du virus.

— Et toi !

— Tu n'es pas confiné. Moi non plus.

— J'habite à deux pas. Anne-Marie, je te présente Hakan.

— Enchantée.

— Enchanté ».

Anne-Marie Prigent vivait à Istanbul depuis une quinzaine d'années. Elle avait demandé et obtenu la nationalité turque. Comme les convertis de fraîche date, elle se sentait plus turque que les Turcs, développant gestuelles et mimiques jusqu'à plus soif, jusqu'à ce mot *Yok*, qui veut dire non, qu'elle prononçait en repoussant sa tête en arrière et en levant les sourcils comme le font ses concitoyens. Le glissement vers sa deuxième patrie s'effectuait au vu de tous, comme une sorte d'exercice civique que personnellement je trouvais éprouvant. Elle débordait de gentillesse et d'énergie. Je l'aimais bien, sans me départir d'une certaine méfiance. Son obsession de la Turquie m'avait tout d'abord enthousiasmé, et même fasciné, avant de m'exaspérer. Je me souvins même d'une conférence qu'elle avait donnée où elle racontait son aventure. Je me situais sur une ligne opposée. Plus le temps passait plus je me posais des questions. Ça ne semblait pas être son cas. Elle s'accrochait au pays comme à une bouée, comme à un mari, après qu'elle eut quitté sa Bretagne natale sans qu'on en connaisse les raisons. Elle donnait de ses nouvelles dans un blog intitulé *Du kouign-amann au baklava*. Elle y décrivait à l'envi lieux touristiques turcs et coutumes locales en se faisant un point d'honneur à n'aborder aucun sujet politique ou social. Elle s'arrangeait sans la moindre difficulté du défaut de liberté de parole dans le pays. Elle vendait ses salades d'exotisme qui ne gênaient personne en jouant sur l'orientalisme forcené dans lequel elle était tombée, à l'instar d'un Pierre Loti dont elle louait fréquemment les écrits. L'orientalisme arrangeait tout le monde. C'était la couverture idéale. Il permettait de fermer les yeux sur l'absence de liberté, en la relativisant, une question plus européenne qu'universelle, au fond, pas vrai ? Il rendait caduque la moindre critique appuyée du régime. J'avais pris l'habitude de la surnommer in petto « la collabo », ce qui était d'autant plus cruel qu'elle ne l'était pas consciemment. Elle défendait sa place, rien d'autre. D'une sincérité à toute épreuve, elle percevait sa présence en Turquie comme un parcours spirituel qui l'avait conduite des terres du nord de la Bretagne aux contrées anatoliennes. Dès le départ, et avant même que je change d'avis sur le pays où nous avions tous les deux atterri, je ne m'étais jamais senti proche d'elle. Abandonner un pays pour un autre, me disais-je, ça revient au même. On passe d'une prison à une autre. Elle sait bien, le soir avant de s'endormir, qu'au fond rien n'a changé. Elle croit avoir progressé, alors que le problème, comme dirait mon cher ami Hirant, est à l'intérieur de soi, pas à l'extérieur.

« J'ai lu ton papier, l'autre jour, dans la Gazette ».

La Gazette était un journal en ligne à l'intention des expatriés français. Elle y pondait ses papiers, en se gardant de jamais élever la moindre critique sociale ou politique. Inlassablement elle vantait les mérites de telle région de Turquie pour sa gastronomie, ses paysages grandioses ou ses monastères. Ça ne volait jamais très haut. Elle avait acquis une grande notoriété parmi les membres de la communauté française, y compris auprès du Consulat qui l'invitait à toutes les manifestations importantes dont elle rendait compte en images et en textes sur les différents réseaux sociaux où elle sévissait. Je l'avais rappelée à l'ordre il y a quelques mois. J'en avais eu marre qu'elle m'adresse d'incessants courriels pour que je ne manque pas son dernier papier. Je la suivais, qu'elle ne s'inquiète pas, lui répondis-je, il n'est pas nécessaire de me prévenir. Elle accusa le coup et promit de me laisser tranquille. En bonne élève de la Turquie qu'elle était devenue, elle ne tint pas du tout parole et recommença ses envois quinze jours plus tard. Sans doute, l'effet d'une mauvaise maîtrise des outils informatiques. J'abandonnai. Il suffisait de conduire à la poubelle l'annonce de ses récits que je ne lisais plus. Ils ne présentaient aucun intérêt pour moi. Son objectif consistait à occuper le terrain, en éliminant toute concurrence, par des envois répétés. Elle n'avait pas d'adversaires. Elle se devait d'être irremplaçable au sein de la communauté. Tous les jours ou presque elle rappelait sa présence au monde francophone d'Istanbul un peu comme un chien pissant pour se faire connaître auprès de ses congénères. Hormis ce travers, fruit d'un besoin puissant de reconnaissance qu'elle n'avait pas obtenue en France, elle n'était pas sans charme ni finesse. Organisée comme personne, elle pouvait vous ressortir en quelques minutes de vieux articles qu'elle avait pondus sur telle région d'Anatolie. Lors d'un voyage que je fis dans le Sud-est du pays en juillet dernier, elle décida pour moi des endroits que je devais visiter et je lui en sus gré, ses conseils étant, dans l'ensemble, avisés et parfois même pointus. Toujours de bonne humeur, elle pouvait vous charmer par son enthousiasme pour tout ce qui touchait à son deuxième pays. Elle ne donnait prise à aucune polémique, tenant le cap sans se laisser dévier. Sa neutralité m'exaspérait.

Elle avait provoqué un mini séisme récemment en expliquant à ses admirateurs et followers qu'elle avait quelque chose d'important à leur dire. La stupeur s'empara des réseaux. Elle n'avait pas habitué son auditoire à de telles annonces. Que se passe-t-il, Anne-Marie ? Dis-nous, dis-nous.

Elle mit quarante-huit heures avant de lâcher le morceau. Son silence provoqua une véritable onde de choc. Les admirateurs, déroutés, ne pouvant supporter davantage l'attente que la diva leur imposait, lancèrent de multiples propositions pour se donner du courage. Tu vas te marier ? dit l'un. Tu retournes en Bretagne ? suggéra l'autre. Tu es enceinte ? fit une autre. Je fus plus méchant que ses followers en lui demandant : Tu as trouvé le vaccin contre le Covid- 19, Anne-Marie ?

On n'est pas curieux, mais on aimerait savoir ! avoua un habitué de son réseau. Tu as le droit de nous faire languir, mais pas trop. Tu vas devenir bonne sœur ? provoqua un autre.

Tout ce suspense déboucha sur une déclaration de la star comme quoi tout cela était une blague et qu'on était tous tombés dans le panneau. Certains l'eurent mauvaise. Mais personne n'osa critiquer la méthode. Son pouvoir ne souffrit pas, même si elle comprit qu'elle n'avait pas intérêt à renouveler l'expérience auprès de ses fidèles.

« Merci, fit-elle. J'en prépare un sur Chora.

— La situation est insensée, n'est-ce pas.

— C'est impossible d'avoir la moindre info vérifiable. Je vais peut-être ne rien faire. Je suis passée pour glaner des trucs, mais rien pour l'instant.

— Attends un peu. Le sujet est presque bouclé.

— Comment ça, Danilo ?

— Tu pourrais reproduire ce qui se murmure.

— Non, fit-elle, grande dame. Ce serait une faute journalistique. Une fake news. Pas de faits avérés. Je m'abstiens ».

Ce n'était pas exact. Les faits existaient. Ça l'arrangeait. La stratégie du pouvoir était si tordue, elle ne souhaitait pas s'en mêler. Elle se devait de décrire une Turquie heureuse et quasi parfaite. Le ton de la gazette l'exigeait.

« Tu pourrais au moins écrire que tous les experts et historiens d'art en Turquie et ailleurs sont opposés à l'idée d'une reconversion en mosquée. C'est un fait connu ».

Elle fit une moue délicate comme si sa conception du journalisme ne collait pas avec la mienne. Je traduisis : tu veux m'entraîner, moi qui suis une bonne Turque d'origine française, sur un terrain glissant.

Oui, je t'entraîne sur un terrain glissant, oui !

« Et tu peux ajouter que le pouvoir ne les écoute pas. Que la décision du Danıştay, le Conseil d'État, est aberrante.

— C'est vrai.

— Tu sais très bien, Anne-Marie, que le pouvoir a installé à chaque échelon de l'État ses pions, des hommes et des femmes qui pensent comme le Président. Pour eux, la transformation de Chora en mosquée tombe sous le sens. En tout cas, ils font semblant de le penser.

— C'est vrai.

— Donc, tu pourrais tourner ça gentiment pour que ton public comprenne ».

Elle me jeta un regard glacial. Elle profita de l'absence de public dans la librairie du musée pour faire un nouveau pas d'écart sur le côté.

« Je suis un militant, lui dis-je. Je ne revendique pas l'objectivité journalistique professionnelle. Je veux intervenir sur le cours des choses.

— Je vois, fit-elle froidement.

— Je suis très en colère, Anne-Marie.

— Tu n'as pas besoin d'être agressif avec moi. Je comprends très bien.

— S'il le faut, je suis agressif, et alors ? Il vaut mieux être radical que... »

Je m'interrompis. Le mot que j'allais prononcer...

— Que ? reprit-elle.

— Que consensuel », dis-je gracieusement.

20

Mécontente de la façon dont j'avais réagi, soupçonnant sans la moindre preuve que j'avais un autre adjectif en tête, Anne-Marie décampa en nous gratifiant d'un signe rapide de la main. Pris de court, je répondis en souriant et engageai Hakan à me suivre. A peine étions-nous parvenus sous le porche de l'église qu'une voix inconnue dans mon dos m'interpella :

« Monsieur, Monsieur, je viens d'entendre la conversation que vous avez eue avec votre amie. Pardonnez-moi d'être indiscret, ajouta-t-il dans un français plutôt correct, agrémenté d'un accent à couper au couteau.

— Vous avez tendu l'oreille, c'est ça, dis-je en me retournant.

— Oui, c'est ça.

— Pourquoi avez-vous écouté ? Qui êtes-vous ?

— J'ai entendu votre conversation.

— Et alors ? » répliquai-je de mauvaise humeur.

J'aperçus Anne-Marie partir sur la droite, dans la petite rue pavée qui descendait vers chez moi. « Viens, Hakan. Nous n'avons rien à faire ici.

— Je vous assure que je ne vous espionnais pas.

— Que voulez-vous ? »

En face de moi, un gus d'une quarantaine d'années environ, vêtu d'un pardessus gris, visage anguleux, moustache fine. Peu engageant.

« Attendez une minute, s'il vous plaît ».

Je courus pour rattraper Anne-Marie.

« Pourquoi es-tu partie comme ça ?

— Je suis pressée.

— Allons prendre un verre chez moi. Tous les cafés sont fermés.

— Tu es sûr ?

— Attends-moi. Je prends Hakan ».

Je remontai vers le parvis. Mon partenaire et l'espion discutaient en turc.

« J'ai invité Anne-Marie chez moi. Elle nous attend, Hakan.

— Je peux venir ? » fit l'intrus.

Il portait un masque. Rien ne s'opposait à ce qu'il nous accompagne.

« Si vous voulez, dis-je le plus froidement possible.

— Merci ».

Je ne comprenais pas les raisons qui l'avaient poussé à écouter notre conversation. N'en faisons pas encore une affaire d'État. La ruelle tortueuse qui descend en lacets vers Balat est bordée du mur d'enceinte de l'église et de quelques boutiques de souvenirs. On quitte ensuite le périmètre touristique pour rattraper une *sokak* plus moderne qui mène à la rue principale où j'habite, une artère pas bien large où les voitures circulent dans les deux sens, malgré un panneau qui l'interdit. Elle porte le nom d'un ancien hammam qui aurait été fréquenté, si la légende dit vrai, par un pacha pendant l'époque ottomane. Les maisons, tout le quartier en général, ont subi de profonds changements. Il ne reste que de rares majestueuses demeures en bois, la plupart en ruines. Les constructions actuelles datent d'une trentaine d'années et répondent aux normes sismiques. Sans beauté, fonctionnelles, elles sont destinées aux classes moyennes. Je vis dans l'une d'elles, n'ayant pu m'offrir le luxe de ces habitations grecques vibrantes comme celles qu'on trouve encore dans le vieux quartier de Fener. Sans espace vert, l'arrondissement d'Ayvansaray convient au besoin de loger le maximum de familles anatoliennes dans des rues souvent sans grâce et peuplées. On appelle Balat, nom d'origine grecque, une assez large zone de Constantinople où vivait, à partir de la seconde moitié du quinzième siècle, une partie de la communauté juive venue d'Espagne.

« Chère Anne-Marie, ce charmant monsieur que voici a écouté notre conversation dans la librairie. Et il a, semble-t-il, quelque chose à me dire.

— Ça va, fit-elle en turc, un peu rudement.

— Merci. Désolé de vous importuner.

— Pas du tout. *Yok* ! » répondit-elle à ma place.

La rue du pacha et de son hammam était déserte. Notre trio déboula au moment où le marchand de tomates faisait sa tournée. « Mon frère a attrapé la cochonnerie, m'annonça-t-il. Il est à l'hôpital. On espère le sauver.

— Je suis désolé pour vous, lui dis-je. Courage, mon ami. Quel âge a votre frère ?

— 52.

— Ça va aller bien, ne vous inquiétez pas ».

Touché au cœur, le pauvre homme avait perdu jusqu'à la hargne qui faisait son folklore.

« Tu es ami avec les petits commerçants ? » s'étonna Anne-Marie à ma surprise.

Je me souvins qu'elle vivait dans un quartier huppé d'Istanbul, elle ne devait pas souvent entrer en contact avec celles qu'on appelle les petites gens.

« Pas vraiment. Pas celui-ci, en particulier. Plutôt le contraire. Il a pris un coup sur la tête ».

Je m'arrêtai chez l'épicier pour acheter les boissons. Quand il vit le masque que je portais, il murmura un truc incompréhensible. Il m'avait déjà fait le coup après l'arrivée d'un nouveau maire dans la ville en juin dernier, qui n'appartenait pas à la majorité islamo-conservatrice qu'il chérissait.

« Qu'est-ce que vous dites ?

— Vous portez le masque à cause du virus ?

— Oui.

— Ici c'est la Turquie. Il ne vous arrivera rien. Vous pouvez l'enlever ».

J'ai payé sans rien lui répondre.

Je fis entrer mes invités et refermai à clé soigneusement. Anne-Marie, Hakan et l'espion s'installèrent sur le balcon. Je préparai un thé et des boissons fraîches à l'intérieur.

« La vue est splendide ! s'écria Anne-Marie très diva depuis qu'elle arpentait ma terrasse. Tu as une chance incroyable !

— Pas ces temps-ci ! lui criai-je. Je suis en manque de vie sociale. Communiquer avec les mouettes et les goélands ne suffit pas. D'ailleurs, j'ai ouvert les rideaux côté rue, ce que d'habitude je ne fais jamais. Histoire de voir des gens passer.

— Vous avez une très belle vue, ajouta l'inconnu.

— Comment vous appelez-vous ?

— Ahmet Yılmaz.

— Enchanté. Danilo Brankovic, ici », criai-je depuis la cuisine. Anne-Marie et Hakan semblaient gênés. Que faire de l'inconnu qui s'était incrusté ? Il s'installa près de la rambarde. Après un long silence, ils finirent par amorcer une conversation en attendant mon retour. Tellement banale que je pris peur qu'il se lève et s'en aille.

« Voilà. Servez-vous.

— Cher Danilo, j'ai été choqué de comprendre que vous n'aimiez pas mon pays.

— Vous n'avez rien compris. J'ai parlé avec Anne-Marie du pouvoir en place, pas des gens ni du pays en général.

— Oui, mais attendez. Personne n'est dupe. Derrière ça, il y a autre chose.

— Vous faites de la voyance ?

— Dites le contraire.

— Le contraire de quoi ? Que je suis révolté par votre nationalisme ? Si c'est ça que vous voulez me faire dire, alors oui ».

Encore un, me dis-je. Encore un ! Encore un qui ne comprend pas mon besoin d'utopie, oui d'utopie. L'utopie d'une liberté intellectuelle européenne qui est ici combattue et même récompensée par la prison. J'ai cru, en m'installant sur ces terres jadis mêlées de croyances et de peuples divers, que je changerais, que le pays me changerait, comme il avait transformé Anne-Marie. Faisait-elle semblant ? Avait-elle oublié d'où elle venait ? Avait-elle tiré un trait sur sa première culture, sa première utopie ? La Turquie n'avait pas réussi à tuer la mienne. Le temps de l'utopie devait revenir.

Ahmet nous fit la réponse la plus étrange que j'ai entendue à ce jour en Turquie : « La bonté se trouve dans les gènes de notre peuple. Elle…

— Pardon ?

— La bonté se trouve dans les…

— On a entendu. Mais qu'est-ce que vous voulez dire par là, grands dieux ? »

Anne-Marie semblait ravie. Elle hocha la tête en signe d'acquiescement, ce qui ne m'étonna guère. Elle se rangeait toujours du côté des défenseurs de son beau pays. Hakan, comme à son habitude, paraissait absent. Il n'allait pas être le premier à commenter. Nous avions ôté nos masques pour nous désaltérer. On se tenait à moins d'un mètre les uns des autres.

« Vous vous rendez compte de la monstruosité de ce que vous venez de dire ? dis-je avec mon sens habituel de la mesure. Le gène de la bonté n'existe pas ! Et a fortiori dans un peuple, toute une communauté. Mettre ça dans la tête des gens c'est criminel. Vous les armez à devenir plus bêtes. Ça revient à dire : les autres n'ont pas ce gène. Ils n'ont pas notre chance, les pauvres. Nous pouvons les écraser, les tuer, les virer, les expulser de nos quartiers. Ce sont des *Yabancılar*, des moins que rien. Notre race est pure. La leur, pff…

— Ce n'est pas ça du tout.

— Merci de ne pas vous rapprocher de moi, dis-je à Ahmet qui s'était levé. Vous avez enlevé votre masque. Soit vous le re-mettez soit vous partez d'ici, compris. Le virus se transmet en parlant.

— Désolé.

— Vous repasserez avec votre bonté et vos postillons.

— Je remets le masque.

— Oui, mais c'est peut-être trop tard. Si je suis contaminé et que les premiers symptômes apparaissent dans trois jours, vous direz quoi ? Que vous avez été trop bon ? Allez, arrêtez vos histoires, arrêtez la démagogie. On devrait interdire ce genre de propos.

— Je suis désolé », répéta-t-il.

21

C'est de la provoc. Des propos que je ne peux qualifier que de débiles. Ça ne s'arrêtera jamais ? Sur un balcon d'où l'on aperçoit l'estuaire qu'on appelle la Corne d'Or et au loin, dans la brume, la tour de Galata construite par les Génois avec ses quatre mètres d'épaisseur de mur de pierres, j'entends que la bonté coule dans le sang des Turcs. Que dire de mon désarroi ? Tant pis, j'encaisse, je suis là pour ça. La notion de peuple et de pays empêche toute liberté. Comment en arrive-t-on à croire que ses voisins de palier, ses concitoyens ont hérité d'un tel gène ? Une énigme sur laquelle je planche depuis quelques minutes, sans l'espoir qu'on me file un coup de main. La bonté est dans tes gènes sous prétexte que tu appartiens à tel peuple. La chose politique est coutumière de telles inepties, on ne les remarque même plus. Elles occupent le terrain. La bassesse se pare de ses plus beaux atours. L'enfer des bonnes intentions ! Naïfs et simples d'esprit sont captifs. Qui tire les ficelles ? La manipulation s'accroît, aidée par le message religieux. Le terreau de l'ignorance prospère grâce à l'idée de Dieu, virus galopant.

« De quoi allons-nous parler ? fit Ahmet après avoir remis son masque.

— Que faites-vous dans la vie ?

— Je travaille pour le gouvernement. Je suis fonctionnaire. Et vous ?

— Je ne travaille pas actuellement. Je passe quelques années sabbatiques dans votre beau pays. Je suis médecin.

— Maşallah.

— Merci.

— Puis-je visiter votre appartement ?

— Ne vous gênez pas ! »

Il est fonctionnaire et s'est rendu à Saint-Sauveur-in-Chora comme visiteur. Peut-être travaille-t-il pour la Présidence des affaires religieuses, le fameux Diyanet, ça expliquerait le machin de bonté, un ministère à lui tout seul, quatrième pouvoir qui usurpe la place qui devrait revenir à la presse et aux médias. Pendant qu'il faisait le tour de ma grande piaule, je fis discrètement des recherches sur le net. Le Bureau des affaires de notre Seigneur dispose d'un budget énorme, correspondant au double de celui de la Santé.

« Tu savais ça, Anne-Marie ?

— Oui.

— Et le pouvoir se cache derrière eux, c'est ça ?

— Ce n'est pas l'aspect que je préfère, admit-elle du bout des lèvres.

— Ils ne reconnaissent qu'eux-mêmes. Aucun autre culte.

— Le culte grec et arménien, oui ».

Difficile pour eux de faire autrement. Je me retrouve avec une nouvelle raison d'être contrarié. Dans leur sagesse et miséricorde ils filent leur amen aux peuples originaires des terres levantines et anatoliennes qu'ils ont soumis par la force. Ils se rattrapent sur le reste : pas question de l'étendre aux cathos venus d'Europe, ni aux protestants ni aux Syriaques ni aux Alévis ni aux Yézidis ; bref, on vire de notre constitution tous ceux qui n'ont rien à y faire. L'entre-soi érigé en doctrine d'État.

« Si t'es pas sunnite, tu peux crever. C'est ce qu'ils appellent un État laïque. Ils ont une telle suffisance, un tel sentiment de supériorité qu'ils redonnent aux mots une signification nouvelle. Ils sont passés maîtres dans le domaine linguistique. Ils vous expliquent ce que laïc veut dire selon eux. C'est comme ça pour tout. Les mœurs, la liberté d'expression, la liberté individuelle : ils savent tout mieux que vous. Ils redistribuent les cartes. Ils savent, ils ont compris le monde avant tous les autres. Ils entendent convertir la terre entière à leurs vues. L'Empire ottoman n'a été qu'un ballon d'essai de plusieurs siècles. Les millénaires qui viennent les verront triompher dans tous les domaines. Grâce à leur bonté. Et au gaz qu'ils auront foré en Méditerranée. Ils n'ont pas besoin du dollar puisqu'ils ont Dieu, a dit leur chef bien-aimé… »

Je m'interrompis en apercevant Ahmet qui revenait après son tour rapide de l'appartement.

« Ah ! Vous avez entendu ce que je viens de dire ? Vous n'en ratez pas une, hein ? J'ai l'habitude qu'on me dénonce. Vous pouvez y aller ! »

Il se rassit. « Ne vous inquiétez pas. Vous ne risquez rien avec moi ».

— Vous… vous me connaissiez avant de me parler au musée ?

— Oui ».

Un frisson parcourut mon échine. J'ai beau faire le fier, je ne peux pas empêcher mon corps d'avoir à mon insu ses propres réactions. La peur est de loin la pire.

« Vous nous suiviez ?

— J'ai eu votre signalement. Je ne vous suivais pas aujourd'hui. C'est par hasard que je vous ai croisés dans le musée. Je fais régulièrement des tours à Kariye.

— Pour espionner les touristes chrétiens ou juifs qui aiment ce lieu ? Pourquoi faites-vous…

— Ne vous emballez pas. Nous exerçons le même droit de contrôle sur nos propres citoyens.

— J'aimerais voir ça ! Vous ne laissez personne tranquille. Ah j'ai compris : c'est ce que vous appelez la bonté.

— Vous me faites mal ».

Mal ? C'est moi qui lui fais mal ? Il croit aveuglement aux mots d'ordre de sa patrie. Il faut des gens comme lui pour qu'elle s'épanouisse. Par certains côtés ce drôle de pays s'épanouit. Il se suffit à lui-même, n'a besoin des autres que dans l'optique de les annexer à lui. Il est impitoyable avec ce qu'il appelle ses ennemis, de l'intérieur ou de l'extérieur. Il en voit partout. Il a raison. Ils sont partout. J'en suis même devenu un. Les événements de Gezi, en 2013, ont marqué le début de la Reconquête pour le pouvoir. Une occasion inespérée de taper du poing, de briser les opposants, de mettre le peuple, la jeunesse au garde-à-vous. La société doit être nettoyée, javellisée. La contestation n'est pas hygiénique. Les pilotes de la compagnie nationale d'aviation (pas celle qui m'a roulé en faisant faillite) poussent le besoin de cohésion sociale loin en s'adressant aux passagers de la manière suivante : Mesdames, Messieurs, et chers enfants, disent-ils en incluant ces derniers comme pour récupérer leur innocence. Un monde merveilleux que celui où un pilote d'avion en appelle au jeune âge dans ses messages en cabine. On est soufflé par tant de grandeur d'âme, tant d'amour du prochain. La bonté pure. Ahmet a raison. On a à faire à un peuple unique, exceptionnel. Chef d'œuvre, devrait-on lire sur les frontons des édifices publics. Ce qu'on y trouve dit à peu près la même chose : Heureux celui peut se dire Turc. Le paradis n'est plus très loin, continuez tout droit.

22

« Heureux celui qui dit Je suis Arménien, lançai-je par provocation devant un Ahmet dont le visage fermé s'était durci.

— Vous avez dit à votre amie Anne-Marie que vous vous considériez comme radical. Qu'est-ce que vous voulez dire exactement ?

— Je vous prépare un petit café ? proposai-je pour faire diversion.

— Je peux le faire, si vous voulez.

— Ne vous dérangez pas.

— Mais si !

— Laissez. Où est le café ?

— Je n'en ai pas ».

Ils se mirent à rire. Radical ? Et même si je le suis, en quoi cela le concerne-t-il ? Ce que je vois autour de moi m'inquiète. À part ça, je suis la personne la moins radicale qui soit. Prête au compromis et, sauf ces temps-ci, à la résilience.

« Qu'est-ce que vous vouliez dire exactement ?

— Je suis un protestataire, si vous préférez. Radical n'est pas le bon mot. Nous sommes plusieurs à l'être. Anne-Marie, toi aussi, tu es protestataire, n'est-ce pas ? »

Elle blêmit. Arrête la provoc, Danilo, ou je pars immédiatement. Je suis citoyenne turque, je tiens à le rester.

« J'essaye de voir le positif dans tout, dévia-t-elle, mal à l'aise. Ça ne sert à rien de tout critiquer ».

Ahmet prit un air grave.

« Monsieur Danilo, il faut que vous compreniez quelque chose. Nous avons été confrontés depuis une quarantaine d'années à des mouvements terroristes et d'opposition…

— Ce n'est pas la même chose.

— Des mouvements d'une extrême violence. Il a bien fallu nous défendre contre ces attaques. Tous les pays le font. Nous faisons la même chose ».

Je pris une longue respiration.

« On ne peut pas comparer. Il y a dans votre pays un mal identitaire profond qui s'exprime chez certains par un extrémisme marxiste. Vous le prenez à la lettre au lieu de le comprendre. Votre gouvernement se sert de ça pour écraser toute forme d'opposition. Pourquoi l'extrémisme ne pourrait-il s'exprimer ? Il est violent parce qu'il ne parvient pas à se faire entendre.

— C'est trop facile, fit Anne-Marie soucieuse de rectifier l'image que le fonctionnaire pouvait se faire d'elle à cause de ma remarque.

— Prenez les grèves de la faim, repris-je en l'ignorant. Que disent-elles d'autre ? Elles témoignent de ce mal-être.

— Pff ! fit Ahmet. Les grèves de la faim sont une vieille pratique de la gauche révolutionnaire turque. Ils croient nous impressionner avec ça.

— Et la jeune chanteuse de 28 ans qui vient de mourir, ça ne vous fait rien ? Pourquoi n'avez-vous pas voulu discuter avec elle, alléger les peines auxquelles les membres de son groupe ont été condamnés ?

— Nous avons tout essayé, monsieur Danilo, tout essayé. Ils n'ont rien voulu entendre. Céder au chantage n'est pas une option valable. On ne règle rien comme ça.

— On le règle en laissant crever les gens, c'est ça ? Elle était en grève de la faim depuis 288 jours. Vous n'avez rien fait. C'était une chanteuse, une artiste. Elle se battait contre la répression dont son collectif s'estimait victime. Et de votre côté, rien.

Seule réponse, la dureté, l'entêtement. Elle s'est lancée dans un jeûne de la mort. Vous qui vous prétendez religieux avec votre gène de merde, vous l'avez laissée mourir. On en revient toujours au même point. Vous utilisez la religion pour servir vos intérêts géostratégiques. Et vous entraînez les gens là-dedans, sectes comprises. Sur un plan strictement humain, désolé pour votre histoire de bonté, vous ne valez pas mieux que ces peuples barbares dont vous êtes issus, qui se sont imposés dans l'Histoire à la force de l'épée. Le gène de la bonté ! Vous laissez mourir une gamine de 28 ans.

— Peuples barbares, vous n'avez pas peur des clichés, monsieur Danilo.

— Je n'ai peur de rien, monsieur Ahmet ».

Evidemment faux. J'ai la pétoche du matin au soir, sauf quand je pousse une gueulante. Le reste du temps, je crains le pire. Je crains qu'ils viennent m'arrêter, qu'ils me mettent en prison où je devrais manger leurs raviolis inondés de yaourt ou leurs soupes de tripes dégueulasses que les alcoolos du cru avalent chaque matin. À ce stade, si j'en juge par la présence d'Ahmet à mon domicile, je me considère en résidence surveillée. Je n'aurais jamais dû accepter qu'il nous accompagne chez moi. Pouvais-je me douter que c'était un flic ? Grève de la faim ? Pas pour moi. Ce n'est pas dans mes habitudes culturelles. Mon statut est différent. Je ne vibre pas suffisamment pour ce pays pour en arriver là. Mourir pour sa patrie en faisant la grève de la faim ? Pas question. Je ne marche pas sur ces traces. Plus l'âge. Quelle action pourrais-je commettre qui me vaudrait la prison ? Avec eux on ne peut pas le savoir à l'avance.

La léthargie de la société turque dans un quartier comme le mien, Fatih, est puissante. Elle peut conduire comme rien à un accès de violence. Je l'ai exercée, l'autre soir, lorsque mon voisin du dessus a laissé son petit-fils courir comme un démon au-dessus de ma tête. Je me suis rappelé les annonces niaises des pilotes. Chers enfants, votre commandant de bord, etc. Je me suis saisi d'un balai et j'ai tapé au plafond en hurlant. Le gamin s'est mis à pleurer et le silence est revenu. Deux jours plus tard, le même boucan. Sans les larmes du mouflet, cette fois. On a sonné à ma porte. Je n'ai pas eu peur, je savais qu'il ne s'agissait que du voisin. Je lui ai fait face, les dents serrées.

« Il est tôt, m'a-t-il dit. Pourquoi tapez-vous comme ça ?

—J'en ai marre !

— Les enfants ont le droit de jouer.

— Pas au-dessus de ma tête ! » ai-je hurlé en refermant la porte violemment.

J'ai entendu la grand-mère du gosse, qui se croyait sans doute dans une série télé turque, se mettre à hurler comme Sofia Loren dans ses premiers films. Je ne saurai jamais si elle hurlait contre moi ou contre la situation culturelle inédite. Ici, tout le monde ferme sa gueule.

J'ai compris, ce jour-là, que mon niveau de radicalité et de contestation n'était pas élevé. En guise de marxisme, je m'en prends à un gamin qui joue. Le régime islamo-conservateur ne fera pas de moi un révolutionnaire vigoureux. A priori je ne devrais pas goûter aux infectes soupes des prisons turques.

« Cette jeune femme est morte par amour de sa patrie, dis-je à Ahmet. On ne se détruit pas ainsi si on n'aime pas passionnément son pays. Ça ne risque pas de m'arriver. Je déteste les pays.

— Elle a fait preuve de combativité, reconnut-il.

— Oui. Parfois, en Turquie, il faut être prêt à mourir pour se tenir debout.

— Sauf que maintenant elle est couchée pour l'éternité. Ça n'a servi à rien. Elle a renforcé le régime ».

Il semblait le regretter. Ahmet Yılmaz n'avait rien d'un imbécile, au contraire de celui qui m'avait dénoncé depuis son poste élevé dans une compagnie aérienne et du flic qui s'était pointé chez moi, deux idiots qui auraient pu tout autant vendre des tomates ou des œufs plutôt que jouer aux policiers. Lui, c'était autre chose, je le sentais. Il était capable d'une véritable analyse de la situation. Son pouvoir de nuisance n'en était que plus grand.

« Je fais de la déconstruction, lui expliquai-je doctement, convaincu qu'il comprenait ce langage.

— Vraiment ?

— J'analyse les postulats sous-entendus dans les décisions qui sont prises, je regarde de près les omissions.

— Vous avez des résultats ?

— Ce n'est pas le but. Je me bats contre les confusions de sens. Et donc, repris-je, allez-vous rendre compte à votre hiérarchie de notre rencontre d'aujourd'hui ?

— Je n'en vois pas la raison. Vous m'avez invité comme ami à prendre un thé chez vous, je vous en suis reconnaissant. Nul besoin de rapporter quoi que ce soit.

— Et ce que j'ai dit dans la librairie ? rappelai-je.

— Ça reste entre nous. Je vois bien que vous n'êtes ni radical ni terroriste ni même un provocateur. Un coup d'œil dans votre appartement m'a convaincu.

— Je suppose que je dois vous dire merci.

— Vous êtes juste un type un peu paumé ».

Paumé ? Paumé ? Ce sont des déductions de fonctionnaire de police. Paumé parce que j'ai évoqué avec émotion la mort de cette chanteuse dont la vie si brève a consisté à mettre sa musique au service des peuples opprimés de Turquie et d'ailleurs. Son jeûne de la mort m'a bouleversé. Un des serviteurs de cet État me définit comme paumé parce que ma sensibilité me pousse du côté de ceux qui ne savent pas où ils vont. Je suis tout le contraire. Je sais où je vais. Mon objectif n'a pas changé, il reste le même : me débarrasser de ce pays au plus vite, comme on se débarrasse d'un chewing-gum qui devient trop collant.

23

Les services d'immigration m'ont filé un rencart pour le renouvellement de ma carte de séjour. Entre les bugs et l'imprécision administrative j'hésite à me réjouir. Je hais cette obligation de carte. Au moins, l'Union de l'Europe permet aux frontières de glisser dans l'oubli. On n'a de comptes à rendre à personne. La mort des frontières fait du bien. À l'extérieur de l'Union il faut se plier aux règles, aux humiliations, à l'imbécilité. Les services officiels oscillent d'une vérité à l'autre. L'administration elle aussi est paumée, je ne suis pas le seul. Elle exige des documents qu'elle classe sans même les lire. Juste pour le plaisir de vous asservir.

Je n'ai en aucune façon perdu espoir. Le perdrai-je jamais ? On parvient à vaincre les obstacles les uns après les autres. Que sont-ils sinon une série de petits riens dont avec un peu de patience et d'efforts on réchappe comme d'un cancer ? Malgré ce que je traverse, l'espoir persiste en moi. Je ressemble au gamin têtu qui refuse de ranger sa chambre. Comme un rayon de soleil qui s'éternise dans une flaque d'eau je n'abdique pas face à ce pays. Mes affaires, mes rêves continuent.

La plateforme téléphonique m'enjoignit de ne pas me rendre au rendez-vous fixé en avril, pendant que le site internet du ministère de l'Intérieur le maintenait. La Turquie dans toute sa force, me dis-je, des propositions contradictoires, le quotidien avec lequel on se débat. Blanc et noir. Europe et Asie. Ne sortez pas ! me dit une voix désagréable au téléphone. Vous entendez, ne sortez pas, répéta-t-elle.

Je décidai du contraire. On tente à nouveau de m'intimider. L'occasion de les défier. Le paumé que j'étais, selon la terminologie d'Ahmet Yılmaz, n'allait pas se priver de la saisir.

À noter : je suis parvenu à ne pas me fâcher avec ma correspondante du jour. Je ne l'ai pas insultée. Qu'on s'en étonne ou pas, j'ai les pieds sur terre. Injurier un employé d'une compagnie aérienne tombe sous le sens. Pourquoi s'en priver si l'occasion se présente ? Lâcher une bordée d'injures à une fonctionnaire de police, non. C'est risqué. J'ai été avec elle horriblement poli, presque servile, et quand elle m'a demandé : « Y a-t-il autre chose que vous vouliez savoir ? » je l'ai remerciée, sans effusion mais sans déraper, en rongeant mon frein. Hakan, qui était à mes côtés, m'a félicité. Ce n'est que partie remise, me dis-je. Ça tombera sur quelqu'un d'autre bientôt.

« Qu'est-ce que tu regardes ?

— Une série.

— Ça raconte quoi ? »

Il monta le son. J'entendis une déclaration à laquelle vraiment je ne m'attendais pas. Un homme, genou à terre, disait à celle qui devait être sa compagne : « Dorothée mon amour, je veux vivre avec toi dans ce beau pays qui me manque tant, tu ne le connais pas encore. Je veux à son contact redonner à mes poumons l'oxygène qui leur manque, redonner à mes yeux des visions idylliques, à mes oreilles le son des minarets, à ma bouche le goût retrouvé d'autrefois, à mon esprit l'énergie positive, et à mon cerveau des souvenirs à jamais gravés. Ce pays que j'aime tant, je vis loin de lui. Chaque reportage, chaque texte, chaque appel de mes proches me redonne du baume au cœur pour panser le manque de cet amour qui coule dans mes veines. Turquie, mon pays de cœur, *seni çok özledim*, tu me manques vachement ».

Sous le choc, je partis m'isoler dans ma chambre. Je tentai de comprendre. L'homme a besoin d'une tanière, me dis-je, pas d'un pays. Dans les temps pas si lointains, le concept n'existait même pas. Les régions sont des tanières agrandies. Les pays, pff. Invention récente. Si je croyais au diable je lui imputerais la responsabilité de la trouvaille, l'organisation méthodique, cruelle des nations qui se bouffent entre elles.

Pour me changer les idées j'allumai la radio : « Aucun virus n'est plus fort que la Turquie », entendis-je, stupéfait. J'éteignis aussitôt le poste.

Avec l'espoir d'y trouver le réconfort dont j'avais besoin en cette matinée d'avril, j'ouvris mon ordinateur. Un message non lu m'y attendait, posté depuis une petite semaine.

« Danilo, avec les temps que nous traversons, je trouve ton silence insupportable. Je t'ai écrit pour savoir si tu allais bien. Pas de réponse. Qu'est-ce que ça veut dire ? Alors, écoute bien, Danilo. Je vire ton nom, ton adresse, tout, de mon carnet d'adresses. Et si jamais le virus t'achève, je n'en serai même pas informé. Va te faire foutre ! »

C'était signé : Bettina. Une vieille amie de Paris, caractérielle depuis qu'elle avait passé la soixantaine, folle deux jours sur trois (ce qui en faisait une personne d'excellente compagnie quand on tombait sur le bon jour qui n'était pas forcément celui qu'on croit), venait me provoquer dans ma boîte mail. Je mis tranquillement son message à la poubelle sans trop m'en faire, en espérant des jours meilleurs avec elle. Je n'allais pas être cinglant, ni lui répondre. Je l'étais déjà avec tant de créatures ! Elle avait le droit d'exploser. Je connaissais ma récompense : elle allait culpabiliser d'avoir écrit ces mots, inutile de lui en vouloir et de la sermonner.

Sur le fond elle n'avait pas tort. J'aurais dû lui répondre. Toutes mes affaires turques avec la police et le reste m'en avaient empêché.

Malgré Hakan qui depuis le confinement était venu s'installer chez moi je sentais la solitude peser sur mes épaules d'expatrié à la recherche d'un havre. Istanbul n'était plus ce refuge que j'avais tant aimé. Il m'arrivait encore de penser que j'allais sous peu revenir en arrière et retrouver mes sentiments d'antan. Où étaient-ils, pouvaient-ils revenir, qui les avait pulvérisés ? Etait-ce possible que tout soit fini ? Hirant avait-il raison quand il prétendait que je changeais d'avis comme de chemise, sans respect pour les autres ni pour moi-même.

Incapable de répondre à ces questions, je bravai le confinement et sortis. Je pris la direction de la rivière, cette étendue parfaite d'eau calme et sereine qui finit sa vie dans le Bosphore, à Eminönü. À peine étais-je parvenu au rivage, alors que je m'apprêtais à m'asseoir sur un banc pour faire le point quotidien sur ma vie, qu'un message s'afficha sur mon téléphone : « Il a été détecté que vous êtes actuellement hors de votre zone d'isolement. Pour le bien de tous, s'il vous plaît, retournez chez vous immédiatement ».

Ça fait un choc. Je n'ai donné mon accord pour aucun de ces trucs de traçage informatique. Un état policier n'a besoin d'aucune application pour vous suivre. Il va se gêner ! Sans passer par un juge ou le législateur, comme ce serait le cas ailleurs. Les illusions du tourisme sont terminées. Fliquer est une passion sérieuse. Ça remonte à loin dans l'Empire, et avant, à Constantinople même. J'ai dû être signalé par la préposée-flic au téléphone ce matin, elle n'a pas perdu de temps. J'ai senti qu'elle n'allait pas en rester là, mais je n'aurais pas imaginé que dès l'après-midi ils seraient à la manœuvre. Et malgré mes efforts j'ai du mal à ne pas les haïr.

Le téléphone sonna.

« Monsieur Brankovic, désolé de vous déranger… »

T'es désolé de quoi ? Ils ont besoin d'ajouter un peu d'épices à la dictature.

« Vous savez pourquoi je vous appelle ?

— Je n'en ai pas la moindre idée, répliquai-je.

— Vous avez rendez-vous le 14 avec les services d'immigration. On vous a expliqué au téléphone que vous ne deviez pas vous rendre à cette convocation. Elle est reportée à juin. Or, nous venons de constater que vous vous êtes éloigné de votre domicile…

— Vous faites le suivi sans demander l'avis des gens, n'est-ce pas ?

— Vous ne devez pas quitter votre domicile.

— Vous êtes complètement dingues d'interdire aux gens de sortir ! Vous croyez que je vais respecter ça ? Jamais, vous entendez, jamais. Proposez-moi un créneau horaire.

— On fait ça pour votre bien, monsieur Brankovic.

— Pour mon bien ?

— Il le faut.

— Je ne me laisserai pas infantiliser soi-disant pour mon bien. Vous êtes toujours en position d'attaque. Toujours prêts à vous engouffrer dans des mesures de restriction des libertés. Vous ne m'aurez pas ! »

Et je raccrochai, pas aussi violemment que lorsque j'avais claqué la porte sur mon voisin bruyant, mais le pauvre téléphone dans la manœuvre glissa de mes mains et se fracassa au sol, protégé par sa coque.

24

« Hakan, écoute-bien, j'ai trouvé la solution pour leur échapper.

— Pour éviter d'être pisté ?

— Oui. Il suffit que je laisse mon téléphone à l'intérieur. À moins qu'ils m'équipent d'une puce, ils ne pourront pas détecter où je suis ».

Mon absence de civisme est le fruit de leurs méthodes liberticides. La question se pose de savoir si tout le monde est logé à la même enseigne. Je pense que non. Je me sens plus impuissant que furieux. Je pourrais leur obéir. Si j'étais Turc je céderais. D'autant qu'ils font ça pour le bien général. La question se situe ailleurs. Je ne veux pas dépendre d'autorités dont je conteste la légitimité, jusqu'au droit qu'elles ont sur ce sol. Pour dire les choses de façon plus brutale et moins biaisée, je souhaite voir les Grecs reprendre possession d'Istanbul (dans un premier temps) et dépendre de leur seule autorité.

Pour en arriver à ce point critique il faudra revenir avant 1453. Il suffira d'abattre les frontières entre la Grèce et la Turquie, en laissant tranquille la Thrace. Il existe à Athènes des groupes plus ou moins occultes qui œuvrent pour récupérer Constantinople. Je suis prêt à m'engager à leurs côtés et à constituer un relai (d'opinion) pour y parvenir. La tâche ne sera pas aisée, considéré les nombreuses oppositions auxquelles nous aurons à faire face. Y compris parmi nos propres amis. L'Union Européenne bougera-t-elle, et les Nations Unies ? Le lobby turc est puissant du côté du traité de l'Atlantique Nord. Nous devrons convaincre. Avec un calme olympien, dans la lignée de la chanson de Lennon. *Above us only sky*, leur dirons-nous. Imaginez, s'il vous plaît.

Je fis part à Hakan de mon projet.

C'était le matin. Son visage se chargea d'une telle stupeur, d'une telle détresse que je craignis qu'il se lève, s'habille en vitesse et me quitte. Petite nature. Qu'ai-je dit de si extravagant ? Turcs et Grecs ne sont séparés que par une ligne de faille imaginaire. La fracture est résorbée dans les esprits. Seules les politiques les divisent, et ces saletés de religions. Des jeux enfantins et lassants. On se défie alors qu'on pourrait se réunir en un seul pays, créer une union à l'européenne, avec la Grèce à sa tête comme à l'origine du monde méditerranéen.

« Où veux-tu en venir ? », dit-il d'une voix si faible que je l'entendis à peine, comme s'il avait peur que quelqu'un dans la rue nous entende.

Nous sommes descendus à Balat. Sur les flancs de la Corne d'Or, depuis Fener, les ruelles pavées de la vieille ville n'ont guère changé depuis des siècles. Constantinople continue d'exister envers et contre tout. Décrépitude et restauration se confondent d'une maison à l'autre, le quartier est en chantier. La municipalité sème le doute sur ses intentions. Elle ne sait pas quoi faire de l'héritage grec. Moi, je sais. L'embarras de la pierre et du bois est manifeste du côté de l'église Sainte-Marie des Mongols, près du vieux lycée grec, la seule à n'avoir jamais connu un destin de mosquée. Les Mongols ? Elle fut fondée après l'arrivée des Turcs dans l'ancienne Arménie, ce nom vient-il de là ? Des Mongols convertis au christianisme ?

« C'est pourtant très clair.

— Ça l'est pour toi, pas pour moi.

— Hakan, tu sais très bien ce que je veux dire. Les Grecs ont été chassés de cette ville à plusieurs reprises, alors qu'ils l'ont fondée. Ils y ont vécu en continu pendant plus d'une vingtaine de siècles. Ils n'ont pas disparu de la surface de la terre, que je sache.

— Et alors ? Entretemps il y a eu la Conquête.

— Oh, Despina ! Despina ! »

Je venais d'apercevoir une de mes rares amies turques, gérante d'une boutique d'antiquités dans une petite rue de Balat. Toutes les vieilleries que j'ai dénichées, ottomanes, tables de nuits, miroirs, tapis, viennent de chez elle.

« Danilo ! s'écria-t-elle. Mon petit chéri ! »

Exubérante, la trentaine, Despina porte ses longs cheveux noirs d'une exquise façon, en les laissant tomber sur ses épaules, à rendre jalouses les femmes-corbeaux de Fatih, hautaines et glaciales à qui il est interdit d'adresser la parole. Une vraie Byzantine jusque dans le nom qu'elle porte. En grec ancien, il signifie princesse ou reine. Despina, figure de Byzance qui défie le temps de la République et la pression des événements, des conquêtes. Au moment où je rêve de voir les anciens habitants de Constantinople revenir, je rencontre l'une d'elles. Elle appartient à l'une des plus anciennes familles de Fener. Elle a échappé au pogrom qui a frappé la communauté grecque et n'a pas choisi l'exil.

« Allons chez moi ! proposa-t-elle. Tous les cafés sont fermés.

— Je te présente Hakan.

— Enchantée.

— En route ! »

Sur le chemin je l'interrogeai sur sa famille qui avait vu partir ses voisins vers la Grèce, et d'autres vers Israël.

« Et les maisons ? À qui appartiennent-elles maintenant ?

— Il faut savoir, chéri, que 40% des biens fonciers stambouliotes appartenaient aux Grecs, aux Juifs et aux Arméniens. Peut-être même plus. Personne ne le sait exactement.

— Et ça explique quoi ?

— Ils nous ont chassés pour mettre à la place leur population d'Anatolie ».

Je l'avais appris d'une curieuse façon au moment où je cherchais une piaule. J'étais entré dans une agence immobilière près de Vodina, à Balat. Le patron, Kurde originaire de Diyarbakır, après m'avoir abreuvé de cinq ou six verres de thé, me fit la plus étrange confidence que j'ai, à ce jour, entendue dans cette ville.

« Danilo, quand des gens comme vous, des Européens, entrent dans mon agence et qu'ils me disent vouloir acquérir un bien dans le quartier, j'ai envie de leur sortir un trousseau de clés du placard et de leur dire : Prenez-le, c'est à vous. Ça vous revient. Je vous le donne.

— Je ne comprends pas.

— Beaucoup de familles ont été expulsées, ou sont parties, la peur au ventre. Elles ont tout laissé. C'est pour ça que vous trouvez tant de brocante par ici. Des icônes de la Vierge, des crucifix, des machins. Il y en a des tonnes. Elles n'ont pas reçu un sou. Elles ont tout abandonné. Maisons, vie, jeunesse, amis, boulot. Tout. Aucun dédommagement. Alors, c'est vrai, si je le pouvais, je donnerais gratis une maison à des gens comme vous qui viennent me voir ».

Je fus stupéfait. Un homme aussi jeune que lui, né à la fin du vingtième siècle, faire preuve d'une telle lucidité, lui dont la famille avait peut-être été encouragée à prendre possession de ce qui avait été laissé vacant, qui sait ? Je faillis lui demander si c'était le cas. Quelque chose m'arrêta. Je sentis qu'il y avait une part de secret qu'il voulait conserver pour respecter les siens. Il n'avait pas envie que je lui pose la question qui me brûlait : Est-ce votre cas ?

Mon idée était faite : sa famille avait profité d'un logement gratuit, meublé et abandonné. La culpabilité généalogique avait été transmise à sa génération. Comme par hasard, il choisissait d'exercer le métier qui consistait à vendre des biens immobiliers à d'autres, lui dont la famille n'avait pas eu besoin d'un tel service.

Je ne sus quoi lui répondre. Son vœu pieu n'avait pas d'autre valeur qu'anecdotique. Quel bien gratuit pouvait-il me filer ? L'État avait tout récupéré. Sans la possibilité de verser la moindre indemnité aux intéressés.

À peine étions-nous parvenus dans la maison en bois où Despina vivait avec ses sœurs qu'elle ferma toutes les fenêtres avec une certaine véhémence.

« Excusez-moi, mais c'est l'heure. J'ouvrirai à nouveau quand ce sera fini. Les gueuleries du muezzin m'indisposent. Ils chantent trop mal. Ce sont les pires d'Istanbul.

— Ça t'oblige à de fréquentes manipulations.

— Quand on est plusieurs, ça devient gênant. On ne s'entend plus ».

L'intérieur de la maison n'était pas celui d'une famille riche. Certains objets semaient le doute. Mi brocante mi antiquités du XVIIIe ou XIXe siècle. Les équipements modernes faisaient cheap. Les murs étaient jaunis. La famille avait conservé quelques trésors du passé tout en ayant du mal à joindre les deux bouts. Le déclassement avait dû commencer à produire ses effets voilà une quarantaine d'années. Les sœurs de Despina nous accueillirent avec chaleur, n'est-ce pas le meilleur critère d'un statut social qui défie les aléas du temps. J'aperçus un livre de prières très endommagé, recouvert d'une reliure enrichie d'une feuille d'or.

Despina parlait presque aussi fort que le muezzin qui gueulait derrière les fenêtres. On l'entendait encore. Je n'étais pas un fan de la prouesse vocale non plus, pas plus qu'un de mes amis turcs qui se bouchait carrément les oreilles dans la rue. Il m'était arrivé de l'imiter pour voir comment les gens allaient réagir. Ils n'y prenaient pas ombrage. Personne ne semblait choqué. Je n'ai reçu ni coups ni vu quiconque appeler la police. Seule une fois, des enfants exaspérés de me voir boucher les oreilles me réprimandèrent en groupe pour mon manque de civisme religieux. Je leur souris, tout en continuant à avancer, les oreilles bouchées… Cela les excita, ils se mirent à vociférer, ce qui me donna une double raison de laisser mes doigts là où ils étaient.

25

« Il ne parle pas beaucoup, ton petit chéri », remarqua Despina en prêtant enfin attention à Hakan qui n'avait jamais paru aussi intimidé. Ma fougueuse amie l'impressionnait. Il se tourna vers moi :

« Tu as parlé à Despina de tes projets ? »

Il fut interrompu par l'intéressée. Elle s'inquiétait qu'on n'ait encore rien mangé.

« Qu'est-ce que nous avons dans le frigo ? fit-elle sans bouger un orteil, en regardant une de ses sœurs.

— Je vais voir », fit l'autre, comprenant qu'elle venait de recevoir un ordre.

Deux minutes plus tard.

« Le frigo est vide. Un reste d'aubergines, c'est tout. Ça vous dit ?

— Un reste d'aubergines, s'écria Despina. Qu'est-ce que c'est que cette histoire ?

— Le frigo est vide ».

Le reste d'aubergines ne suscita aucun enthousiasme. Despina se mit à rire.

« Fais-leur un café.

— J'y vais tout de suite ».

Deux minutes plus tard.

« Il ne reste plus de café.

— Quoi ?

— Il n'y en a plus.

— Mais si, mais si ! Dans le placard du bas, voyons. Je suis certaine ».

Elle se leva et disparut dans la cuisine.

« Comment vous appelez-vous ? » demandai-je aux deux sœurs. Despina n'avait pas fait les présentations. La fermeture des fenêtres dans toute la maison pour échapper au muezzin avait pris pas mal de temps.

— Je suis Petra.

— Et moi, Eléa »

Je me présentai à mon tour, en oubliant Hakan qui devant le peu d'enthousiasme qui avait accueilli sa question, s'était re-plongé dans son téléphone.

« Je suis l'aînée, ajouta Petra.

— Et Despina vous mène à la baguette !

— C'est la plus intelligente de nous trois, coupa Eléa. C'est normal.

— Qu'est-ce qui est normal ? demanda Petra.

— Nous lui obéissons parce que… parce que… »

À son tour elle fut interrompue par Despina qui entra en trombes dans le salon.

« Qui n'a pas prévenu qu'il n'y avait plus de café dans la mai-son ? Qui sort en acheter ?

Petra comprit et se leva.

« Merci, ma chérie. Et si tu nous prenais aussi une brioche au tahin ?

— Pas plutôt une brioche de Pâques ?

— Qu'en pensez-vous ? Non, tahin, chérie. Pars vite ».

Despina se relaxa enfin.

« Que disais-tu déjà, Hakan ? Qu'est-ce qu'il est mince, ce gar-çon ! Tu devrais prendre exemple sur lui, Danilo.

— Merci.

— Petra ! cria-t-elle alors que sa sœur était sur le point de quit-ter la maison. Mets ton masque ! Ne t'approche de personne. Ne nous ramène pas le virus ! »

Elle croisa ses mains et gratifia Hakan d'un sourire.

« Je voulais savoir si Danilo vous avait parlé de son projet.

— Mais non, pas du tout. Quel projet ? Tu as des projets ? Je suis impatiente de tout savoir. On ne se croise pas souvent alors qu'on est voisins. Eléa, et si on préparait en attendant la table ? Sors-nous les petites tasses bleues du buffet, tu veux bien.

— Oui ».

Hakan me regarda. Despina ne tenait pas en place.

« Excusez-moi, fit-elle. Je suis un peu nerveuse. Avec tout ce qui se passe. Et ce ministre de l'Intérieur qui présente sa démission, le président qui la refuse tout en l'ayant poussé à le faire, quel cirque, quelle comédie, n'est-ce pas.

— Mon projet concerne la Grèce, dis-je enfin.

— Eh, je suis Grecque, moi ! tonna Despina.

— Enfin, non. Tu es Turque.

— Oui », reconnut-elle pendant qu'Eléa faisait des allers-retours entre la cuisine et le salon.

Je lui détaillai mon plan qu'elle écouta tout en contrôlant sa sœur. Elle éclata de rire.

« C'est sérieux ?

— Pourquoi pas ? dis-je dépité.

— Ah ! Ah, Oui, mais tu vois, Danilo, nous on se sent Turc, peut-être pas dans l'âme, ne mêlons pas l'âme à ça. Quand je me rends à Athènes, je m'y sens très bien, mais ce n'est pas pareil. Je me sens mieux ici ».

Une fille de Constantinople n'est pas fille d'Athènes ou de Salonique. Rien d'étonnant à ce que ces villes lui apparaissent comme étrangères. Un natif de Marseille ne trouve pas son compte à Paris non plus, et vice versa.

« Je comprends ça, Despina. C'est pourquoi partir a été une telle erreur. Vos familles n'auraient jamais dû quitter Constantinople. Vous auriez dû rester, vous imposer.

— Tu ne les connais pas ! s'écria-t-elle. C'était impossible. C'était impossible de leur résister. Il y avait trop de pression.

— Mais vous, vous êtes restés ? »

À l'époque, expliqua-t-elle, leur mère, très malade, n'était pas en état de voyager. Après sa mort, les trois filles avaient décidé de s'occuper de leur père qui lui non plus ne voulait pas partir. Et à sa mort elles n'avaient pas eu le courage de tout quitter.

« La Grèce n'est pas notre pays, c'est tout, ajouta-t-elle. Mon pays, mon univers c'est Istanbul ».

Hakan ne boudait pas son plaisir. Il hocha le tête plusieurs fois. Enfin, des propos positifs. Ça changeait de mes perpétuelles attaques aussi vaines qu'injustes.

« Eh bien, moi aussi.

— Toi, bien sûr ! m'écriai-je énervé. Ça n'a rien à voir.

— Je n'y suis pour rien !

— Tu n'y es pour rien de quoi ?

— Je n'y suis pour rien du passé. De ce qu'ont pu faire mes ancêtres. Ce n'est pas ma faute.

— C'est l'argument bateau habituel des imbéciles.

— Non, regarde. On vient d'envoyer du matériel médical à l'Arménie. Tu vois bien.

— Je vois quoi ? Que des masques et du gel hydro alcoolique vont suffire à effacer les dettes ? C'est horrible de se servir de la pandémie pour tenter de régler ses comptes. Personne parmi les premiers intéressés ne sera dupe. Ça a quelque chose d'obscène, comme tout ce qui vient de ce pays.

— Tu es complètement fou.

— Vos apparences ne sont plus les miennes ».

Despina, voyant que ça chauffait entre Hakan et moi pour des raisons qui n'avaient rien à voir avec les relations entre la Turquie et l'Arménie, tenta la diplomatie.

« Quelles apparences ? Les apparences de la Turquie ? Elles ne sont pas les miennes non plus. Il y a longtemps que j'ai compris ça. Je l'ai toujours su. Mais Hakan a raison aussi.

— Non.

— Pourquoi non ?

— Parce qu'ils sont faux. Ils politisent tout, y compris l'aide humanitaire. Ils font ça pour épater le monde. C'est une comédie interminable.

— Comment se fait-il que Petra ne soit pas revenue ? L'épicier est juste en face.

— Tu veux que j'aille voir ? proposa Eléa.

— Vas-y, oui. Mets ton masque, chérie ».

26

Le pauvre Hirant n'a rien pigé à rien. Il n'a rien pigé à la fascination mêlée de répulsion que je ressens. Il a mis sur le dos d'une faiblesse de mon caractère ce qui ressort d'une profonde complexité de rapports noués au cours des siècles entre l'Europe et l'ex-Empire ottoman. Le même rapport qui existe entre les nations se retrouve entre un individu et l'une, ou plusieurs, d'entre elles. Attraction, rejet, tout se joue quand on ose regarder en face ses propres émotions face à un pays. Ma personne prend en charge ce trop-plein d'histoires invraisemblables, de conquêtes minables, de soumissions, de paradoxes et de grandeurs. J'en ai un peu assez de me sentir responsable d'un tel imbroglio. Pour mieux le saisir je suis allé jusqu'à m'installer dans le quartier le plus purifié ethniquement de tout Istanbul, qui porte le nom du Conquérant, de celui par qui sinon le scandale, la Grande Catastrophe est arrivée. La schizophrénie turque est épuisante. Elle est née tôt, au seizième siècle, avec les premières défaites. L'échec du siège de Vienne a mis un terme à l'expansion. De cette déception naît la folie. On réessaye au dix-septième, on échoue encore. On va le cueillir, cet empire, il va nous tomber de l'arbre, bien mûr. Si on cesse de conquérir, on n'est rien. On n'existe que dans un rapport de forces. Je te conquiers, je te soumets, tu m'aimes et tu acceptes tout de moi. Si ta religion n'est pas la mienne, tu continueras à l'exercer mais en payant l'impôt, tu n'auras pas les mêmes avantages que nous. Convertis-toi, tu verras la différence.

Je ne vis jamais cette différence, bien que l'entrepreneur qui fit de mon gite stambouliote un petit palais ottoman, un étrange individu très efféminé, vêtu à quatre épingles en toute circonstance, considérait que sa mission auprès de moi ne serait achevée que si j'acceptais de me convertir. Il m'invita à rencontrer le saint qu'il vénérait dans le sud d'Istanbul, sur la rive asiatique. Je m'y rendis pour ne pas lui déplaire. Celui qu'il appelait son « grand-père » était le chef d'une secte puissante aux ordres du pouvoir. L'instant fatal arriva, il me fallut soudain dire oui ou non. Je pris conscience du traquenard. Ce fut un non léger, souriant et moqueur que je prononçai. Mon acte de propriété n'incluait pas l'obligation formelle d'un changement de religion. Derrière l'entrepreneur il y avait un siècle de tentatives de conversions pour organiser le pays sous l'emblème d'une seule religion. La République turque s'était formée sur le dos des minorités écrasées. Elles avaient perdu leur droit à vivre sur les terres qui étaient les leurs depuis plusieurs millénaires. Un siècle après la proclamation de la République, purification ethnique obtenue à l'arrachée, on tentait par gourmandise de convertir un audacieux Français qui s'installait sans crier gare sur les terres du loup.

« Danilo, est-ce que je t'ai déjà parlé des origines de notre famille ? » demanda Despina après le départ de sa deuxième sœur. Assise sur l'imposant fauteuil pourpre du salon, à la fois majestueuse et branchée, la clope au bec, elle avait des allures de sultane.

— Pas exactement.

— Nous descendons d'une famille impériale, nous assura-t-elle en baissant d'un ton. Enfin, façon de parler. Gréco-levantine, disons. Notre nom, Ruset, vient de… Vous avez entendu parler des Phanariotes ? Ce sont des familles grecques qui ont habité le quartier où nous nous trouvons, Fener. Il en reste très peu, et vous savez pourquoi. Eh bien, un de nos lointains ancêtres a occupé le trône de Moldavie.

— De Moldavie ?

— Je suis une princesse, dit-elle en éclatant de rire. Pas vraiment ! C'était une drôle de principauté, les princes étaient élus, rattachés à Constantinople. Mon ancêtre n'est pas resté prince très longtemps. Il a fini ses jours à Fener, dans cette maison peut-être, ou une autre. On les a souvent reconstruites, nos maisons en bois. Entre les incendies et les tremblements de terre... Je ne suis pas certaine que le prince soit revenu par ici, mais ses enfants, oui. Et me voilà ! »

Hakan s'ennuyait. Il ne faisait pas semblant. Il se leva et me regarda. La généalogie de Despina, le sort tragique des Phanariotes qui avaient quasiment tous disparu de la scène stambouliote, ça ne l'intéressait pas.

« Je suis désolée de vous faire attendre, reprit Son Altesse Sérénissime Despina de Fener. Mes sœurs vont revenir d'un instant à l'autre.

— Vous avez une belle maison, fit Hakan en se rasseyant.

— Belle et en ruines. Pas le sou pour la rénover. Au prochain tremblement de terre on y passe.

— Aucune de vous trois n'est mariée ?

— Aucune.

— Alors, vous n'aurez pas d'enfant ? reprit-il.

— Ce n'est pas prévu pour l'instant ».

Hakan ne vibrait ni pour l'Histoire ni pour son corollaire, la politique. Les histoires familiales l'intéressaient davantage. Apprendre qu'un tel allait se marier, ça c'était captivant.

Curieux à quel point nous sommes différents, lui et moi. Mariages, naissances, divorces, séparations, rien de cela ne me captive. Le prétentieux que je suis a le désir de se placer à un autre niveau. Je préfère ce qui ressort des mouvements collectifs. Les partouzes de l'Histoire, quoi.

« On ne va pas les attendre en se tournant les pouces, je les connais, elles sont lentes, mes sœurs. Elles ont dû rencontrer des amis. Ça vous dirait de boire quelque chose ? »

Elle se leva et sortit du buffet en acajou une eau-de-vie de raisin. On trinqua à la Grèce, à la Turquie, au droit du plus fort, au passé qui avait tout enseveli, à l'avenir incertain. Au troisième petit verre Despina alterna les rires et les larmes. Elle nous parla de ses parents et des histoires qu'on lui racontait.

« Mon Fener en a vu des belles, Hakan. Oui !

— C'est sûr !

— Oh là là ! Quand j'étais petite ma grand-mère me racontait des choses incroyables. J'étais terrifiée. Je faisais des cauchemars toutes les nuits.

— À quel âge ?

— Elle était folle de me parler comme ça ! J'avais huit ou neuf ans, elle me disait, tenez-vous bien, que des enfants turcs jouaient, la nuit, à la balle avec des têtes coupées...

— Quoi ?

— C'est ce qu'elle prétendait, je vous assure. On coupait les oreilles des petits enfants grecs, on tuait leurs parents et on s'amusait avec leurs têtes. Elle me disait qu'un jour on avait pendu un de nos patriarches à Pâques, à la porte de son église, parce qu'il n'avait pas été gentil avec le vizir. Elle racontait des choses comme ça.

— Mauvaise idée.

— J'avais très peur. J'ai fini par la détester, ma grand-mère, Danilo. Elle voulait me faire peur, tout ça parce que selon elle j'étais une fillette insolente et mal élevée. Tout ça parce que...
Un jour, j'avais dans les sept ans, j'ai dévalisé une soupière de gâteaux au miel qu'elle avait cachée dans le buffet de la salle à manger. Elle n'a plus jamais été la même avec moi après ça.

Pour se venger, elle a commencé à raconter ses histoires horribles. Des gamins turcs qui s'amusaient dans la rue avec des têtes tranchées !

— Elle avait de l'imagination, reprit Hakan.

— D'après elle, non. Elle disait que c'était vrai, qu'elle n'inventait rien. Et que ça pourrait bien un jour m'arriver. Même si c'est vrai, on ne raconte pas ça à un enfant, non ?

— Ce n'est pas vrai.

— Je n'ai jamais cherché à savoir si c'était vrai ou non. Mais ça m'a marqué ! Oh *Nine* ! Tous ces cauchemars à cause de ces gâteaux que j'ai mangés sans ta permission. J'ai eu droit aux têtes coupées jusqu'à mes douze ans.

— Et après ?

— Elle a continué sur un registre différent, plus adapté à mon âge. Elle a abandonné les têtes coupées au profit d'histoires auxquelles je ne comprenais rien. Un petit verre, Hakan ?

— Avec plaisir. Quoi, par exemple ?

— Il faut savoir qu'elle n'aimait pas les Turcs, désolée de le dire aussi brutalement.

— Ne t'inquiète pas, j'ai l'habitude d'entendre ça depuis quelque temps ».

Je me sentis visé et me rebiffai.

« Tu parles de moi ? Archi-faux. Si je ne vous aimais pas, je ne m'embêterais pas à vivre ici ».

Despina se mit à rire. « Il a raison, c'est vrai. Je reprends. Elle disait que les Turcs avaient mis au point un système qui nous rendait, nous les Grecs, inférieurs à eux en droits. Elle était folle de rage parce qu'ils avaient interdit les cloches et les processions. Comme si eux, ils se gênaient avec les gueuleries ! C'est pour ça que je n'aime pas entendre le muezzin. C'est à cause de ma grand-mère. Elle trouvait qu'ils nous humiliaient parce qu'on était chrétiens, et pas musulmans. Elle disait que certains de nos ancêtres ont été spoliés comme pas deux, sous prétexte qu'ils n'avaient pas payé suffisamment d'impôts à l'administration du sultan. Bref, elle m'a inculqué des drôles de trucs, je pense qu'elle exagérait. C'était une femme assez méchante ».

27

Je ne savais pas grand-chose de l'histoire des Grecs à Istanbul et plus généralement en Anatolie. Quelques dates. Leur départ et celui d'autres peuples d'infortune, disparus de cette terre convoitée, m'intriguaient. Je voyais leurs églises-fantômes, leurs synagogues délabrées, leurs palais abandonnés. Le quartier de Fatih s'était en toute impunité débarrassé du passé. Des événements antérieurs à l'année 1453 il semblait qu'il ne restait rien. Tout paraissait factice, irréel. Méthodiquement ignoré ou rabaissé à un vague héritage dont plus personne ne connaissait l'origine. Les âmes des absents demeuraient. Je les croisais parfois. Âmes en souffrance méconnues par la population qui avait pris leur place. Âmes et corps forcés à disparaître pour convenir à une idéologie nationaliste religieuse. Dieu n'est rien d'autre qu'un virus, me dis-je, ça empoisonne la vie des gens. Je marche dans les pas des absents. Ils vivront tant qu'on parlera d'eux. Après mon départ il n'y aura personne par ici pour leur rendre visite, vivre à leur côté. Les âmes redoutent l'oubli définitif et plus encore, le mensonge.

La *nine* de Despina était peut-être une méchante femme, rien d'impossible. Elle avait vécu de l'intérieur le changement qui s'était opéré à l'égard des minorités sous le règne de Mustafa Kemal et de ses descendants. Cette dame à qui les cloches manquaient tant a vu le nombre de ses coreligionnaires, autant que leur influence, s'effondrer depuis la naissance de la République.

« Elle est née quand ? demandai-je à Despina.

— Autour de 1930, je crois, un ou deux ans avant ou après ».

De 300000 ils étaient tombés à 3000. Elle était restée. Rien n'avait plus été comme avant. La méchanceté venait peut-être de là ?

« À peu près 3000, confirma-t-elle. Qui dit mieux ?

— Les Arméniens.

— Ah oui ! s'écria-t-elle en riant. C'est vrai. Les pauvres ! Ils en ont vu, ceux-là aussi. A côté, mes têtes coupées… Ah j'entends la clef. On va finir par l'avoir, ce café, je vous dis. »

Essoufflées, les deux sœurs s'excusèrent du retard.

« Magnifique ! Sucré, pas sucré ? Moyen ?

— Moyen, fit Hakan.

— Pas sucré pour moi ».

Petra s'éclipsa dans la cuisine.

« À propos du génocide arménien, est-ce que vous savez que son instigateur principal a son nom dans les rues de plusieurs villes de Turquie ?

— Non !

— J'en ai fait l'expérience lors de mon dernier voyage en Bulgarie. Au retour j'ai voulu m'arrêter à Edirne, peu après la frontière. La grande avenue qui traverse la ville s'appelle Talat Paşa Caddesi, du nom de ce salaud d'organisateur du génocide et de la déportation des Arméniens. Ce n'est pas une minuscule rue, croyez-moi. Ils n'allaient pas en faire une impasse non plus, vu l'ampleur de l'événement pour lequel il est connu. Il fallait bien une avenue. Le Hitler turc a son avenue dans la ville où il est né.

— Inouï ! fit Despina. Pas de sucre pour moi, non plus, Eléa, merci ! Mais quelle horreur ! Un assassin pareil, et il a droit à son avenue, vraiment ? Qu'est-ce que tu fais ? Vas-y, on l'attend, ce café.

— Il a été condamné par contumace avant d'être assassiné par un Arménien qui a été acquitté à Berlin. Ça n'empêche, sous l'Allemagne nazie, après la mort de Kemal, ils ont fait ramener son corps à Istanbul sans pour autant oser le réhabiliter. Ce sont des fins diplomates. Un nom de rue fait le job en douceur sans que le peuple y voit goutte, on lui laisse son titre de Paşa, ça le grandit. En clair, on le réhabilite parce qu'on pense que ce qu'il a fait était juste ? C'est à peu près ça ».

Le Talat n'avait jamais caché ses intentions d'exterminer les Arméniens de Turquie. Plusieurs pays dans une déclaration commune le somment, à l'été 1915, d'arrêter les massacres. Il n'écoute pas. Il continue. Faut mettre fin à leur existence, ces traitres à la solde de la Russie. Il ne sert à rien d'écouter sa conscience quand la patrie est en jeu. On ira jusqu'au bout. Le monde nous remerciera. Moi, Talat Paşa, annihiler les populations chrétiennes et notamment arméniennes ne me fait pas peur. Enfin, si. L'expression ne convient pas. Je ne le fais pas de gaieté de cœur. Moi aussi, j'ai le gène de la bonté. Il n'y a pas le choix, hélas. Il faut tous les tuer, tous. Bien sûr que j'ai peur. Quelles seront les conséquences, dans dix, cinquante, cent ans ? J'ai peur. J'espère que les dirigeants suivants vont m'aider. Il faut tout camoufler, détruire les preuves, crier au complot, le peuple n'a pas besoin de savoir. Notre infaillibilité doit s'inscrire dans la constitution. Et puis, il y a les Kurdes... Ils pourraient embrayer sur nos aveux. On ne peut pas courir le risque.

Le café arriva.

« Tu devrais te méfier, Danilo. Fais attention à toi. Ne parle pas trop. Fais attention avec les gens. Si quelqu'un te dénonce, tu risques...

— Je sais. C'est déjà arrivé. Mais ça s'est arrangé. Ils ne s'attaquent pas aux étrangers.

— Tu crois ça !

— Ils ont assez de problèmes sans m'ajouter à leur liste.

— Qu'est-ce qui t'est arrivé ? »

Je lui racontai ma conversation téléphonique avec le gars du call center. Despina se leva en furie et prit ses sœurs à témoin. « Les filles, rendez-vous compte. Écoutez ça. Vous avez entendu ? Je dis bravo. Félicitations. Nous, on n'oserait pas ».

Petra acquiesça.

« C'est impossible.

— Pourquoi ? demandai-je.

— Mais… Mais… » Despina cherchait ses mots. Hakan vint à son secours.

« Mustafa Kemal, par exemple. Remettre en cause son héritage est passible de prison. Le héros national est considéré comme infaillible.

— Vrai ?

— Oui ».

Créer une nation, lui donner la légitimité de la durée, élaborer des stratégies de mensonges et de semi-vérités. Touche finale, terroriser les éventuels sceptiques en les menaçant de prison. Intoxiqués par la propagande organisée à l'échelon national, les citoyens gobent dès l'enfance le roman national. Pour les aider on interdit la diffusion en turc d'opinions divergentes, de témoignages. On crie au complot tous les trois jours. Le peuple prend l'habitude de croire à ce qu'on lui dit. Comment une grande nation pourrait-elle mentir ? Impossible. La bonté même, rappelez-vous. Dès l'école on martèle. Le roman national, le conte de fées des migrations trouve son apogée dans les manuels scolaires. C'est là où il s'enferre comme dans son tombeau. Une pyramide de mensonges, une confection dérisoire d'oripeaux nationalistes pour redonner confiance dans le pays. Le véritable épanouissement ne peut faire l'économie de la vérité, aussi subtile soit-elle.

« Je regrette d'avoir parlé ainsi, dis-je aux sœurs Ruset. J'étais en colère. Je n'aurais pas dû.

— Ne regrette pas, reprit Despina. Ils ne l'ont pas volé. On a besoin de se soulager. Ça fait du bien.

— D'autant, ajoutai-je, que c'est grâce à cette histoire que j'ai rencontré Hakan. Je suis reconnaissant au gars de m'avoir dénoncé, dans un sens. Il faut parfois prendre des risques pour passer à autre chose.

— Comment s'appelle-t-il ?

— Qui ça ?

— Le flic qui a débarqué chez toi.

— Je ne sais pas. J'ai oublié. Pourquoi ?

— Ils s'attribuent des quartiers. Ça pourrait nous arriver à nous aussi, un jour. Pas vrai, les filles ?

— La politique ne m'intéresse pas, commenta Eléa.

— Moi non plus, ajouta Petra.

— Moi, si, tonna Despina. Mais comme je ne suis ni écrivaine ni journaliste et que je n'y connais pas grand-chose, ce que je pourrais dire ne risque pas de les alarmer.

— Tu sais beaucoup, réfuta Eléa.

— Oui, je sais, reprit Despina, flattée. Disons, j'ai su. J'ai beaucoup oublié. A quoi ça sert de ressasser ? On ne va jamais partir. On mourra ici, comme nos parents.

— Oh, Despina ! Ne parle pas comme ça.

— Laisse-moi goutter ce café ! Parfait. Excellent. Bravo les filles ».

28

Mon dénonciateur attitré, vexé de la façon dont j'avais dé-
campé dans le café où l'on avait fait connaissance, reprit contact avec Hakan à qui il posa un ultimatum. Il voulait me rencontrer à nouveau. Mon partenaire essaya de lui expliquer que
je n'y tenais pas. Il fit miroiter à Hakan un nouveau job si j'acceptais.

« Il fait du chantage. Laisse tomber, il ne te trouvera aucun
boulot.

— Qu'est-ce que tu en sais ?

— Aucune confiance dans ce type. Ok. Si tu penses qu'en me
rencontrant à nouveau, il te rendra service, j'accepte. Qu'est-
ce qu'il cherche au juste avec moi ?

— Il veut te parler. Il se pose des questions à propos… sur tout
ce que tu lui as dit.

— Au téléphone ?

— Entre autres. Ici on aime discuter avec les étrangers, tu sais
bien ».

Ah oui, je suis un étranger, c'est vrai, j'avais oublié. Couvre-
feu dans quelques heures. Il est temps de remplir le frigo. D'ici
ce soir minuit jusqu'à lundi la ville sera morte. Seuls les chats,
les chiens et les dauphins du Bosphore se partageront la ville
sur ses deux rives.

« Ah *domatesçi* ! Comment va ? Et votre frère ?

— Toujours à l'hosto. En réanimation. Je vais le voir tous les
jours. Inşallah !

— Inşallah ! »

Je repartis dans la rue principale. Avant de se calfeutrer les gens
filent chez l'épicier et surtout le boulanger sans regarder personne. Objectif Pain. Parfois en marchant dans le quartier une

chose terrible m'arrive. J'ignore si elle arrive à d'autres. Des flashs tombent sur moi comme ceux d'une voiture qui roule pleins feux dans une nuit sans étoiles. Flashs d'une telle violence qu'ils m'obligent à m'arrêter et à prendre un temps plus long pour respirer. La peur la plus abjecte me saisit.

La dernière trouvaille de mon cerveau : les Turcs que je croise dans la rue forment le peuple le plus narcissiste au monde. Ils sont programmés pour l'être, et comme ils sont dociles, ça fonctionne. Un de ses effets pervers, le gène de la bonté travaille parfois en dépit du bon sens. Le roman national qu'on impose dès l'enfance ressort du plus banal narcissisme. Par manque de confiance en soi. Ils vibrent pour la patrie jusqu'à la névrose. Le phénomène provoque coups d'État et répression en série, une tentative de renversement par décennie en moyenne. Un drôle de couple se forme dans la conscience nationale. Le narcissisme s'appuie sur la culpabilité. Couple solide qui tient depuis presqu'un siècle, pendant que le reste du monde contemple. L'un, Narcisse, ouvert sur l'extérieur, cajoleur, dit la parole officielle. L'autre, sombre, replié sur lui-même, taciturne, travaille dans l'ombre, ne sachant où aller.

Mon dénonciateur, l'un des principaux responsables de la compagnie aérienne défunte, m'attendait comme prévu devant mon immeuble. Il était souriant. Hakan était sorti de son côté. Je me retrouvai seul avec lui.

« Bonjour, Danilo.

— Bonjour », dis-je aussi froidement que possible, sans lui serrer la main comme la nouvelle coutume sociale le permettait. Je mis la clé dans la serrure et le laissai entrer, en me tenant à un mètre de lui.

« Aujourd'hui, on discute gentiment, n'est-ce pas ? Vous n'allez pas vous fâcher.

—Je ne me fâche jamais.

— Sauf quand vous vous fâchez !

— Un thé ?

— Avec plaisir, merci ».

Il s'installa sur le balcon et vanta, comme d'autres, la vue sur la Corne d'Or. Ces compliments m'énervent. Toujours pour la même raison. Les absents. Je me sens coupable de prendre leur place. Les fantômes. Les êtres partis, chassés. Les souvenirs perdus.

« Je m'en moque, lui dis-je.

— Vous recommencez ?

— Ça me fatigue qu'on me complimente pour cette vue. Je n'y suis pour rien. Elle ne m'appartient pas.

— À qui appartient-elle ? fit-il d'une voix où je décelai un peu d'inquiétude.

— À personne. À ceux qui la regardent ».

Ma réponse parut le rassurer.

« Vous savez, Danilo bey, pourquoi j'aime la Turquie plus que tout ».

Ça commence mal, me dis-je.

« Vous allez me le dire, repris-je en versant deux poignées de thé noir d'Anatolie dans la théière.

— Ma culture accueille tout le monde. Si vous avez faim et que vous sonnez à une porte, je peux vous dire qu'on vous donnera à manger. Le mot hospitalité est très important chez nous. Un invité c'est précieux.

— Ah oui ? Vous avez une hospitalité très sélective. Vous êtes pris d'une crise soudaine de narcissisme, Burak bey ? Il est de retour ?

— Pardon ? »

J'hésite à lui dire qu'à peine dix minutes plus tôt cette idée de narcissisme m'a traversé l'esprit. Et il vient l'illustrer de façon choquante, alors que je ne lui demande rien. La coïncidence ne m'enchante pas. La vantardise est une forme de morbidité. Qui va accueillir celui qui a faim ? Nous, nous les Turcs musulmans, frères des Arméniens et des Grecs. La folie religieuse frappe partout, aveuglément. Je décidai de rester calme. Cette fois, pas question d'exploser.

« Très sélective, pardonnez-moi, votre hospitalité, Burak bey. Comment pouvez-vous dire ça, alors qu'un non-blanc qui entre dans un café est immédiatement ignoré. Vous accueillez avec chaleur ceux qui vous ressemblent et qui sont blancs de peau.

— Vous n'avez pas été dans les bons endroits, croyez-moi. C'est impossible. Nous sommes connus et reconnus pour notre hospitalité, Danilo bey. Je n'ai jamais entendu dire une chose pareille. J'ai des millions d'amis qui ne sont pas blancs. Vous vous trompez.

— Je n'ai pas été dans les bons endroits, vous croyez ? Je peux vous filer des tonnes de témoignages qui vont dans le même sens. Interrogez les étrangers d'Aksaray, interrogez aussi les Nord-Africains qui vous côtoient au boulot. Ils ne m'ont rien raconté de très flatteur sur vous. Et moi qui suis blanc, je m'en rends compte aussi quand je me balade avec des amis d'Amérique du Sud ou d'Afrique. Quelle ironie que les Turcs disent toujours d'eux-mêmes qu'ils sont hospitaliers ! Laissez les autres le mentionner. Une hospitalité sélective n'en est pas une. C'est une forme de maladie. Elle exprime le mal de votre nation.

— Ne recommencez pas, Danilo bey ! Vous ne pouvez pas dire que nous faisons des différences, c'est faux. Moi, par exemple, j'ai du sang grec et roumain, ma grand-mère vient d'Asie. Elle a la peau sombre. Elle n'a jamais été discriminée. Et nos Turcs africains n'ont jamais eu à faire face à aucune discrimination. N'allez pas en Europe, parce que là-bas c'est bien pire qu'ici !

— Faux. Les exemples de Turcs originaires d'Afrique qui ont été rejetés à cause de leurs traits ne manquent pas. Je crois que vous ne connaissez pas l'ampleur du problème. Arrêtez avec la légende de l'hospitalité. Son vrai visage n'est pas ce que vous croyez. C'est la culpabilité qui vous rend hospitaliers, rien d'autre. C'est du cinéma ! »

Son masque posé sur la table, je vis qu'il commençait à perdre patience. Qu'est-ce qu'il fait chez moi ? Pourquoi ai-je accepté qu'il vienne ? Il me provoque en racontant des histoires ineptes d'hospitalité telles qu'elles figurent dans les ouvrages bon marché sur le tourisme. J'en ai été moi-même la victime de tout ce fatras indigeste qui repose sur le seul besoin de vendre du rêve, comme les Français avec le luxe. Ici on vend l'hospitalité. Le blog d'Anne-Marie Prigent y participe sans le moindre recul. Elle déverse ses fantasmes du pays idéal en cachant les zones d'ombre qui pourraient casser la baraque. Le roman national turc a ses alliés : les touristes reconnaissants. On les soigne pour qu'ils répandent la bonne parole. La propension au narcissisme est phénoménale. Nous sommes les meilleurs, le drapeau flotte partout, nous avons construit un empire. Sans nous le monde ne serait rien. Toutes ces âneries figurent dans le patrimoine collectif du pays.

« Quel lavage de cerveau vous avez subi ! continuai-je. Je croyais en avoir subi un dans mon propre pays. Mais ce n'est rien par rapport à vous. Votre absence de sens critique est tragique.

— Vous êtes rempli de haine », affirma Burak en me regardant droit dans les yeux. Et cela, je ne le comprends pas. Dites-moi le contraire ».

Sa remarque me déstabilisa.

« Vous avez raison, dis-je après un long silence. Vous avez raison. Je ne supporte pas la dictature et les régimes ambigus où l'armée travaille dans l'ombre, tapie, prête à bondir. Vous avez développé une forme tordue de démocratie et de tolérance qui ne colle pas avec les aspirations libérales d'une partie de votre peuple. Ça me rend fiévreux. Donc, la haine n'est pas loin, vous avez raison. C'est une haine contre laquelle je ne peux rien. C'est la peur qui la commande ».

29

Burak se détendit, l'aveu de ma peur lui faisait plaisir.

« C'est un peu comme si vous étiez… malade.

— Si vous voulez. Observer un pays malade me rend malade.

— Et les autres ?

— Les autres ?

— Les autres pays. Ils ne sont pas malades eux aussi ?

— C'est une question de niveau. Ils le sont tous. Mais pas tous jouent sur la terreur. Vous avez détruit votre mémoire en vous inventant des ennemis qui habitaient cette terre avant vous, en les chassant pour les rendre illégitimes. Je vous le dis calmement, sans me fâcher, comme vous dites. Et curieusement, tout cela je ne l'ai pas vu au départ. J'ai vu autre chose. L'apport immense des siècles d'histoire partagée, l'essence de votre passé, et la synthèse produite par les meilleurs d'entre vous. J'ai apprécié toutes vos qualités collectives, elles sont indiscutables et valent largement les autres.

— Vous ne vous êtes pas trompé.

— Si, justement. Je me suis trompé. Je n'ai pas vu le reste. Je n'ai pas voulu le voir. Votre roman national est si particulier, si alléchant. Et si faux, si biaisé. Vous ne supportez pas la moindre critique. Ceux qui osent mettre en doute la moindre de vos paroles sont qualifiés d'ennemis. Vous n'avez aucun respect de la pensée de l'autre. Je n'ai jamais vu une histoire nationale aussi fausse, aussi pervertie, et pourtant presque toutes le sont. Pour saisir le phénomène il est impératif de ne pas être un touriste. Tant que vous restez un touriste vous ne verrez rien. Il faut s'installer ici, se coltiner la vie quotidienne, administrative, côtoyer les gens de la rue. Peu à peu, en prenant des coups, on commence à comprendre. Le tableau se dévoile par tranches. Quand sa totalité a apparu sur la toile, pour moi c'était trop tard. J'avais commis une sorte d'irréparable. J'ai acheté cette merde d'appartement magnifique et malgré les compliments que j'en reçois pour la vue, j'aimerais ne l'avoir jamais visité.

—Vous êtes fou !

—Pas du tout. Je sais ce que je fais. Repartir va être compliqué. J'ai déménagé de France toutes mes affaires, toute ma vie jusqu'ici, mes livres, mes casseroles, mes tapis, mes souvenirs, pensant les enterrer avec moi. Je ne le veux plus. Je veux repartir. Avec le confinement actuel et la chute de votre monnaie, car personne ne vous fait confiance dans le monde, vous le savez, ça ? Cette méfiance est une revanche, mais pour moi, revendre et repartir vont être difficiles.

—Je vous aiderai, glissa Burak. Ne vous en faites pas ».

Je préférai ignorer sa remarque.

« Alors, oui, je suis en colère. En colère de m'être trompé. Je me suis fait avoir par un petit pays qui se croit grand et bataille pour le faire croire aux autres, c'est pitoyable.

— Psitt, ne dites pas n'importe quoi. Tous les pays valent la même chose.

— Non. Je sais de quoi je vous parle. Vous croyez qu'au téléphone avec vous je me serais énervé pour rien si tous les pays se valaient ?

—Pour cette histoire de remboursement ?

—Ce n'est pas l'histoire du remboursement, ne résumez pas comme ça vous arrange. Les sous, je m'en moque. Ce qui m'a déplu c'est la façon dont vous avez tout fait pour, disons clairement les choses, voler des gens comme moi qui avaient acheté un billet. Oui, c'était du vol pour éponger vos dettes. Vous êtes obsédés par la notion d'étrangers, elle détruit votre rêve d'hégémonie, votre rêve de puissance. Elle sous-entend que l'autre, non-turc, existe. Et ça vous fait mal ! Quand je passe commande d'un litre de lait de bufflonne, voyez un peu, le vendeur qui me connaît parfaitement, au lieu de demander mon prénom, il préfère écrire sur la commande « *Yabancı* », l'étranger. Pour lui, c'est ce que je suis. *Yabancı*. Je n'ai pas d'autre identité. Je vous dis que ce pays est malade. Et il me rend malade. De quel droit me renvoie-t-il à un statut administratif alors qu'il a devant lui un être humain ? Partout ailleurs dans le monde on chercherait plutôt à apposer un nom, de vraies lettres propres à une personne, pas une entité raciale ou animale. Pas un statut. C'est dire combien votre roman national est corrompu. D'un côté il y a les Turcs et de l'autre, tous ceux qui ne le sont pas, hélas pour eux. Les *Yabancılar*. Eh bien, figurez-vous, Burak bey, que j'en ai marre. J'ai décidé de mettre fin à ma présence dans ce pays.

— Demandez la nationalité turque, et vous ne serez plus *yabancı* », me proposa-t-il.

Il tape juste. J'y ai songé dans les temps heureux où je me berçais d'illusions sur ce pays. J'avais compris que pour échapper aux discriminations le seul remède consistait à prendre leur nationalité pourrie. Aucun avantage n'étant accordé aux *Yabancılar*, seule l'acquisition de l'identité nationale permet de rompre le cycle monotone de la séparation.

« J'y ai pensé, Burak bey. Vous voyez que mes intentions n'ont pas toujours été aussi méchantes que vous le dites. J'y ai pensé, disons-le clairement, pour des raisons bassement matérielles. Rien qui ressemble à une adhésion, encore qu'à l'époque je pensais être capable de franchir le pas. Je m'imaginais non sans fierté devenir Turc, embrasser votre littérature, votre langue, vos paysages, vos manières, votre façon de boire le thé. Cela n'aurait rien eu de difficile. Plusieurs choses m'ont conduit à faire marche arrière, et rapidement en plus. Quand j'ai appris qu'il allait falloir que je récite un petit couplet sur votre Atatürk bien-aimé, j'ai tiqué. Prêter allégeance à un dictateur, fût-il le plus brillant qui soit, c'est impossible. Jamais je me commettrai à ça ».

Une autre raison, bien plus sérieuse que l'allégeance, m'avait convaincu. On me demanda de changer de prénom. Danilo ne collait pas. On me proposa Doğan, qui veut dire naissance. Leur exigence me parut impossible à satisfaire. J'adore mon prénom, figurez-vous.

« Gardez votre Doğan. Il n'en est pas question. Vous acceptez Danilo ou on en reste là.

— Je vous propose un prénom qui commence par la même lettre.

— Non. Un gros non.

— Ne vous énervez pas ».

Je fus interrompu par l'annonce d'un courriel qui s'afficha sur mon téléphone. C'était Anne-Marie Prigent : « Aujourd'hui, c'est le 100ème anniversaire de la journée de la Souveraineté Nationale et de l'Enfance instaurée par Mustafa Kemal Atatürk ! »

Ah non, pas ça ! Elle perd pas le nord, la collabo. Elle connaît son catéchisme et aime à le faire partager.

« Excusez-moi, ce n'est rien. L'habituelle crise de narcissisme des gens de votre pays, surtout ceux qui ont acquis la citoyenneté en cours de vie. Ça peut conduire à un véritable drame individuel. Ils se croient obligés d'en rajouter.

— Ils ont besoin de se rattacher à un idéal. N'en faites pas encore une rivière ».

La nuit allait tomber. On rentra à l'intérieur. Hakan me prévint qu'il passerait la nuit dans sa famille.

« J'ai un combat à mener, Burak bey, même si je sais qu'il est perdu.

— Quel est-il ?

— Faire reconnaître par la Turquie le génocide dont elle s'est rendue coupable. C'est important pour les survivants, la conscience universelle, mais aussi, surtout, pour le pays lui-même. Le sang reste collé à vous si vous ne le diluez pas, il durcit, il finit par tomber en croute. Il réapparaît, il colle à nouveau à la peau, il durcit. Cycle interminable. La seule solution c'est de reconnaître le crime. Et la page se tourne. Tant pis pour votre roman national. Aidez-moi. C'est seulement avec des citoyens comme vous qu'on y arrivera.

— Je vais vous aider, ne vous inquiétez pas.

— Ce qui m'inquiète c'est ce que je viens d'entendre. Que vous allez m'aider. Pourquoi alors m'avoir dénoncé il n'y a pas si longtemps ?

— Ne parlons plus de ça, je vous en prie ! C'est le passé.

— Justement, le passé. Vous avez tendance collectivement à ne pas lui accorder une grande importance. Pourtant, quand des crimes ont été commis, il est essentiel de les reconnaître, vous ne pensez pas ? »

30

Il partit peu après. Je vous aiderai, répéta-t-il sur le pas de la porte. Hakan haussa les épaules, le lendemain, quand je lui racontai.

« N'y compte pas trop.

— Pourquoi ?

— Il n'a aucune raison de faire quoi que ce soit pour toi. Plutôt le contraire.

— Il a menti ?

— Il n'a pas voulu te faire de la peine.

— Ah ! C'est comme les gens à qui tu demandes ton chemin. Plutôt que te dire qu'ils ne savent pas, ils vont t'indiquer une fausse direction.

— C'est de la politesse.

— Je ne peux pas m'être trompé à ce point. Il va m'aider, tu verras.

— J'ai quelque chose à te dire, Danilo. C'est important. J'ai parlé hier soir avec ton amie Anne-Marie.

— Mon amie ? Vite dit. Elle t'a appelé ? Qui lui a donné ton numéro ?

— Je pensais que c'était toi.

— Je ne vois qu'Ahmet, le flic.

— Il n'est pas flic. Il travaille à la sécurité intérieure.

— Excuse-moi, je ne saisis pas la différence.

— Ça n'a pas d'importance.

— Donc ? »

Hakan parut soudain très gêné et prit ma main.

« Tu ne devrais pas me toucher, dis-je en la retirant.

— Nous avons parlé de toi, Danilo. Anne-Marie pense que…

— Elle pense quoi ? J'ai reçu un deuxième message d'elle à l'occasion de la fête nationale combinée à celle des enfants. Tu sais ce qu'elle a écrit » ?

Il fronça les sourcils.

— Elle a écrit : Fière d'être Turque. En ajoutant la devise nationale : *Ne mutlu Türküm diyene* ! Cela m'insupporte. Je vais la tuer ».

Exaspéré, il se leva et partit dans la cuisine.

« Ok, ok, j'arrête, désolé. Pourquoi tu me parles d'elle ? »

Il revint vers moi. Je ne lui avais vu ce visage que le premier jour de notre rencontre. Une sorte de détresse. Comme s'il voulait me faire comprendre que les nouvelles n'étaient pas bonnes.

« Elle pense que tu ne vas pas bien du tout. Tu devrais consulter un médecin.

— Je ne me sens pas malade.

— Elle ne pensait pas au corps ».

Je faillis renverser le verre de thé que je tenais d'une main.

« Je suis désolé de le dire comme ça, Danilo.

— Tu la crois ? »

Il s'approcha de moi.

« Je la crois. Parfois tu dis des choses qui dépassent ce qu'on peut dire sous l'effet de la colère. Comme, par exemple, ce que tu viens de me raconter. Aller demander à ce fonctionnaire de t'aider à faire reconnaître le… génocide arménien. Tu es en plein délire. Tu te rends compte que tout cela est impossible.

— Pourquoi ?

— Parce que.

— Tu te trompes. On commence petit, on finit grand. Dans les contes c'est comme ça. Dans la vraie vie aussi. Si tu penses que je suis délirant, appelle un médecin ou la police. En l'occurrence, c'est pareil.

— Comprends-moi, Danilo.

— Je ne vois rien à comprendre ».

La tension monta d'un cran quand je lui dis qu'on n'avait plus rien à se dire. On décida peu après, d'un commun accord, de se séparer. On a besoin, chacun de son côté, de faire le point, lui dis-je. Il prit les affaires qu'il avait chez moi et partit.

Il est brutal de se retrouver seul parfois. Dans le silence du confinement, et plus encore, l'étrangeté d'exister dans un lieu où je n'appartiens à personne ni à moi-même. Seul, je l'avais été avant de le rencontrer. La solitude remplissait une fonction. La mission de ma vie présente impliquait des sacrifices. Hakan en était un. Il avait réussi à se convaincre que j'étais malade. Grâce à Anne-Marie qui s'était vengée. Elle m'avait donné le coup de grâce. Comment pouvait-il ne pas voir que son patriotisme à elle, qui osait écrire qu'elle était fière d'être Turque, était une forme avérée de maladie ? Elle était désespérée. Elle se raccrochait à une nation qu'elle avait croisée juste avant ses quarante ans et l'endossait d'une façon qui me paraissait pathétique. Son nationalisme tout en émotions frisait l'hystérie, de la même manière que mon internationalisme. Pourquoi fallait-il que ce soit moi le malade et pas elle ? Et si on l'était l'un comme l'autre ? À l'occasion de la fête des Enfants elle avait posté sur sa passion de l'hymne national, confondant le plaisir de l'oreille et l'identité. Et les victimes du nationalisme, qu'en faisait-elle ? Seul son présent à elle avait de l'importance ? Une colère sourde me saisit. Je m'étais tu. Personne sur sa page n'aurait compris que je m'en prenne à elle alors qu'elle s'émerveillait d'un hymne dont les sonorités, le lyrisme ne pouvaient que disposer l'esprit à accepter n'importe quoi.

Elle m'en voulait. J'avais, je ne sais trop comment, saisi l'essentiel des tares du pays qui était devenu le sien. Elle avait passé des années à les voir et à les cacher au regard de tous, et voilà qu'un compatriote de son premier pays venait la provoquer dans son pré carré qu'elle avait mis tant de soin à défendre. Il venait dire à haute voix ce qu'elle s'était efforcée de ne pas entendre. Pour une telle audace je méritais la mort ou la prison ou l'enfermement psychiatrique. Sur le fond elle se gardait bien de répondre. Sa seule rhétorique consistait à bêler « fière d'être Turque, fière d'être Turque ». Au moins, les organisateurs du déni et du catéchisme républicain à la turque avaient-ils soigné leur présentation rhétorique. Ils la défendaient avec brio via les chaires des plus grandes universités du pays. Avec aplomb et suffisance ils avaient appris à écrire l'Histoire pour qu'elle colle aux objectifs des dirigeants politiques. Ils ne se contentaient pas de brandir leur fierté. Ils l'assaisonnaient de théories fumeuses sur l'origine du peuplement en Anatolie qui faisaient rire les spécialistes du monde entier.

Une chose en entraînant une autre, je pensai immédiatement après le départ d'Hakan à Murat Ergin, une de mes plus anciennes connaissances stambouliotes. Nous n'avions jamais perdu le contact depuis toutes ces années. Il y a encore deux ans, j'aurais dit de lui « un de mes plus anciens amis » mais pour plusieurs raisons cela n'était plus si vrai. La confiance avait laissé la place au doute. Pour la fête nationale, il s'était photographié en costume-cravate devant sa bibliothèque et une photo du fondateur de la République en arrière-plan. Une mise en scène pitoyable pour un enseignant supposé objectif. En le découvrant sur Instagram, dans ce décor officiel si terne, si convenu, je ressentis davantage qu'un malaise ; le besoin de comprendre comment il en était arrivé, lui aussi, à l'enfermement du patriotisme. Murat enseignait l'histoire turque contemporaine dans une université privée d'Istanbul. Je savais qu'il avait parfaitement assimilé la doctrine officielle qui consistait à masquer le génocide en exerçant une prise de contrôle de l'Histoire par l'État et ses sous-fifres, qu'ils annoncent la bonne parole dans le système public ou privé.

Puisque son nom m'était revenu sous la douche, peu après le départ d'Hakan, la nature semblant avoir, comme on l'affirme, horreur du vide y compris dans l'espace moral des relations humaines, je décidai de le recontacter. Un ami ou une connaissance chasse l'autre, me dis-je, triste constat. Se morfondre a encore moins de sens. Je ne m'entends plus avec Hakan, il faut rebondir au plus vite. Question de santé mentale, justement.

Il me convia à le rejoindre à Kadıköy où il habitait. Il avait déménagé.

« Et ta maison d'Üsküdar ? Tu l'as vendue ?

— Je l'ai louée.

— Les bateaux circulent entre Eminönü et Kadıköy ?

— Oui.

— J'y serai dans deux heures ».

À Istanbul il vaut toujours mieux voir large quand on donne rendez-vous. Le bateau était vide. Emmitouflé à cause du vent, je m'installai sur le pont. Que veut-on dire quand on avance qu'un tel nous a déçus ? Que révèle la déception sinon une erreur d'appréciation au départ dont on est responsable ? L'autre n'y est pour rien. J'ai instrumentalisé Murat sans m'en rendre compte. Les vies incompatibles se multiplient quand on change de pays et d'habitudes. Ce dont je me souviens avec chagrin c'est le vide que l'autre laisse après qu'on se rend compte que nous n'avons jamais été sur la même longueur d'ondes. Malgré ses efforts, malgré l'amitié, il n'est pas parvenu à voir en moi autre chose qu'un *yabancı* dont il pourrait tirer parti. Il m'a renvoyé à ce statut de mille façons. Sans jamais me parler turc, sans m'inviter à rencontrer sa famille. Je ne pouvais pas être mis dans le secret de la grande maisonnée nationale. Il se fit payer largement les services qu'il me rendait. Je finis par croire qu'il m'avait poussé à l'achat de mon appartement pour l'obtenir plus tard par succession. Avant même qu'il avance dans le processus de me déposséder, je mis le holà. Une croyance n'est sans doute pas la réalité, mais par prudence je pris mes distances. Je mis un terme au cycle des services rémunérés qu'il me rendait pour éviter qu'il n'aille plus loin. Merveille du non-dit, il l'accepta, de sorte que nous étions restés en bons termes.

31

Alors que le bateau entrait dans la rade de Kadıköy mon télé-phone vibra. Craignant que les autorités décèlent ma présence, je fis le sourd. Je risquais une amende de 300 lires. Avec ce que vaut la devise turque de nos jours, pas de quoi s'inquiéter. La vibration cessa puis reprit. Je sortis le téléphone de la poche. Le numéro d'Hakan s'afficha.

« Tu es où ? fit-il d'une voix inquiète.

— On arrive à Kadıköy.

— Qu'est-ce que tu fais à Kadıköy ? Danilo, personne n'a le droit de sortir pendant quatre jours. Ils ont décrété un couvre-feu.

— Je rends visite à un ami.

— Je voulais te dire que tu me manques ».

Ce n'était pas réciproque.

« Laissons passer quelques jours. Je dois te laisser. Le bateau va accoster ».

Il raccrocha sans répondre.

Quand j'aperçus Murat qui m'attendait de l'autre côté de la barrière, j'eus en un éclair de seconde la sensation de revenir en arrière, de revoir la Turquie telle que je l'avais aimée pen-dant environ sept ans. Les beaux jours d'alors. Le coup de foudre. Rien ne clochait. Ce point aurait dû m'alerter. Rien ne cloche ? Ça cache quelque chose, non ? Je m'étais interrogé, ma réponse d'alors n'avait pas varié. J'avais déniché sur cette terre inaccomplie un lieu proche de la perfection. Les hommes et les femmes rivalisaient d'attentions et de courtoisie. Ils étaient unis, disciplinés, ne perdaient pas leur temps à se chamailler. Régnait un climat de tolérance qui portait l'esprit vers les som-mets. La rudesse, la polémique permanente, le climat de suspicion n'y avait pas sa place. On cultivait la tranquillité sous toutes ses formes, à l'opposé de l'image que donnait le pays à l'extérieur. Je ne vis rien de ce qui pouvait se tramer par en-dessous. Le jeu social turc repose sur l'aptitude à garder secret tout ce qui peut l'être. Les hommes, silencieux, boivent du thé ou du rakı, fument la chicha. Les femmes disparaissent de l'espace public, sauf quand elles font leurs courses au petit super-marché local. Dans les quartiers dits européens, elles occupent le terrain, comme à Kadıköy où mon vieil ami s'était installé, lui qui avait passé sa jeunesse à Fatih, dans le district de Ko-camustafapaşa qui n'était pas connu pour son ouverture d'es-prit depuis qu'il avait été déserté par les communautés diverses qui en faisaient sa richesse. Les traditions, l'impossibilité de les mettre en perspective du fait de l'omniprésence religieuse, rythmaient la vie du pays. J'avais appris à m'en arranger. Quand parfois elles m'étouffaient, je repartais en France. Je te-nais environ trois mois sur place, profitant sans scrupule de toute l'étroitesse d'une partie de la société. J'y trouvais mon compte. L'équilibre entre lenteur et rapidité, pensée rétro-grade et couperet radical me faisait planer. Nulle part ailleurs je n'avais rencontré pareille symphonie vibratoire. Modernité et coutumes se partageaient l'espace public sans heurt appa-rent.

Je ne voyais, en réalité, que ce qui m'arrangeait. Sans me l'avouer. Les secrets étaient gardés dans la tambouille natio-nale. Il semblait que personne n'osait transgresser quoi que ce soit. Le théâtre de la rue était codé, sans tache. Par l'omnipré-sence policière on veillait à ce qu'aucun dérapage n'ait lieu. Les Événements de Gezi avaient représenté une folle, admirable tentative d'échapper à ce carcan. Les forces conservatrices n'avaient pas hésité à réprimer durement de sorte que l'édifice garde sa structure fondamentale et que le monde extérieur n'aille pas imaginer qu'un quelconque printemps turc était en train de se réveiller. Sentiment de supériorité oblige, le mouvement lui-même ne nourrissait pas une telle ambition. La révolte officielle concernait un point précis, l'aménagement d'un jardin public. L'inquiétude et la condescendance flottèrent dans l'air pendant plusieurs semaines. Un ex Empire s'en remettre à la rue ? À l'armée, seulement. Les dirigeants gardèrent la tête haute. Pas question que les ennemis imaginaires n'en profitent pour se régaler d'une débâcle dangereuse.

Je n'avais prêté que peu d'attention à toute l'affaire, préférant me concentrer sur des détails qui faisaient mes délices. La séduction, l'exotisme dégoulinait partout, à grosses lampées je les avalais, à l'image des marmites où bouillonnaient des gâteaux aux formes étranges d'un jaune solaire, dans des sirops de miel écœurants. La spécialité ottomane sucrée à base de poulet qu'on servait, paraît-il, aux sultans, j'avais réussi le tour de force d'en apprécier jusqu'à la saveur fibreuse qu'elle procurait. Je ne voyais que le bonheur. Quand on se décide à aimer, on apprend à s'arranger des faiblesses qu'on observe en passant, sans leur accorder d'importance. Je ne vis pas dans les révoltes ce qu'elles disaient de l'impasse de la société. Avec l'aveuglement et l'égoïsme le tri est impossible. Les enjeux plus essentiels sont mis de côté, gardés sous le coude pour un plus tard hypothétique.

Murat avait troqué le costume-cravate qu'il portait la veille sur Instagram à l'occasion de la fête nationale pour un jeans et un chandail qui lui allaient bien mieux au teint. Le professeur d'université n'était plus en représentation.

« Merhaba, Danilo.

— Merhaba, Murat ».

J'étais heureux de le revoir. Ça faisait bien un an. Il était passé chez moi à la fin des travaux et lui aussi, il s'était extasié de la vue. Ce n'est pas qu'il la découvrait pour la première fois. Il avait été le premier à visiter l'appartement. Il l'avait déniché sur un site d'annonces entre particuliers.

« Tout est fermé, on dirait. Aucun café d'ouvert. On peut marcher sur le bord de mer, si tu veux.

— Ok ».

Comment allais-je pouvoir lui expliquer que je ne voulais plus vivre à plein temps dans la ville qu'il s'était efforcé de me faire mieux connaître ? Il avait une grande part de responsabilité dans la passion que j'avais développée pour Istanbul. Il avait détecté en moi le bon client. Non seulement je lui avais loué une chambre dans trois des appartements qu'il possédait dans différents quartiers de la ville, mais en prime, bien qu'il fût plus jeune que moi, il m'avait fait bénéficier de ses connaissances étendues sur la vie stambouliote.

C'était un drôle de type. Il ne fumait pas, je ne l'avais jamais vu boire du raki ou le moindre alcool. Il n'était pas gay. Ce n'est pas qu'il me l'avait confié, mais je l'avais déduit. Il ne mettait pas non plus les pieds dans les mosquées, ignorait le ramadan et se définissait comme un libéral. À l'instar de ses compatriotes il était très secret. Méfiant, il ne se laissait pas aller à la moindre confidence, j'ignore pourquoi. Il en savait bien plus sur moi que l'inverse. Il venait me chercher à l'aéroport et adoptait en toute circonstance le même ton poli et bienveillant. D'une serviabilité à toute épreuve, je le vis bosser dur pour sa thèse d'État. Et même sur les questions délicates d'Histoire il ne dévoilait pas ses cartes. À une question que je lui avais posée sur le génocide des Arméniens il n'avait pas jugé nécessaire de me donner une réponse claire. Ou plutôt, si.

Avec le recul des années je comprends qu'il s'en tint strictement à la thèse officielle. Avait-il fait des recherches sérieuses ?
J'en doute. Pourquoi aurait-il pris le risque de dévier ? Issu d'un
milieu populaire de commerçants, il s'était élevé jusqu'à l'université. Il ne pouvait ni ne souhaitait mettre sa carrière en jeu
pour défendre un point de vue que les autorités politiques
combattaient depuis un siècle. La mainmise de l'État sur l'Histoire ne le gênait pas. S'il tentait d'émettre des doutes il risquait
la dénonciation de ses collègues ou de ses élèves, le bannisse-
ment et même la prison s'il allait plus loin en publiant ses travaux. Sa thèse avait pour thème les relations internationales
dans la Turquie d'Atatürk. Sans jamais me le dire de façon
claire, il me fit comprendre qu'il ne croyait pas à la thèse du
génocide, respectant en cela avec scrupule la position des autorités qui contrôlaient, et pour moi c'était inédit, la parole des
historiens. Hier encore le Président du pays avait signifié qu'il
ne permettrait jamais à ceux qu'il appelait des provocateurs
d'exploiter l'Histoire et de ruiner l'unité des différents peuples
qui avaient vécu ensemble pendant des siècles en Anatolie, in-
terdisant ainsi la liberté d'opinion. Murat n'y voyait aucun in-
convénient. Je m'étais souvent demandé ce que dans son for
intérieur, comme on dit, il pensait vraiment. Etait-il dupe des
jeux politiques ? Parlant couramment l'anglais, il avait eu accès
à tous les textes, tous les documents attestant la réalité d'une
volonté génocidaire. Qu'en faisait-il la nuit, au moment de
s'endormir ? La pensée d'Atatürk suffisait-elle à le rassurer ?
Bien que pressé de lui parler comme avant, je ne savais par où
commencer. Il m'intimidait. Je ne voulais pas qu'il se sente
trahi. Comment lui dire que je n'étais plus le même ? Le Danilo
d'avant, celui qui buvait à pleines gorgées le nectar turc avait
cessé d'être. J'étais parti ailleurs, en demeurant sur place. Ce
n'était pas de mon plein chef, par caprice. Un ensemble

hétéroclite de découvertes m'avait ouvert les yeux. Et le quartier que Murat m'avait, au fond, attribué, dans son extrémisme religieux, m'avait permis de commencer à prendre mes distances.

« Pourquoi n'ai-je pas plutôt choisi de venir vivre ici à Kadıköy ? lui dis-je alors qu'on traversait l'avenue déserte qui menait à Moda.

32

« Je me souviens très bien, Danilo. Tu ne voulais pas entendre parler de Kadıköy. Tu disais c'est trop peuplé, trop européen. Tu ne te rappelles pas ? »

Oh si ! Je m'en étais convaincu. Chaque balade dans la zone piétonne de l'ancienne Chalcédoine me laissait sur ma faim. La Turquie européenne ne me faisait pas rêver. Piégée par le pouvoir, elle se noyait dans le jus de ses contradictions. Il lui manquait au moins deux éléments. La fluidité de l'Europe et la magie orientale. Elle recherchait son point d'équilibre, minée par la division profonde du pays. Elle se débattait en attendant après chaque élection, chaque coup d'état, son nouveau sauveur.

« J'ai cru que de l'autre côté du Bosphore ma place était réservée, qu'elle m'attendait depuis des siècles. C'est archi faux. Je me suis trompé. Ma place n'est pas plus à Kadıköy qu'à Fatih.

— Elle est où ? fit Murat d'un ton où je décelai de l'ironie.

— Pas en Turquie, en tout cas, dis-je fermement.

— Tu n'en sais rien », ajouta-t-il.

Sa réaction m'ébranla. Ce que je redoutais était en train de se produire. En à peine deux phrases, il mettait en doute mon point de vue. Il m'intimidait, je l'ai dit. Je ne parvenais pas avec lui à faire jouer ma partition agressive qui m'avait beaucoup aidé jusqu'alors pour mieux cerner mes objectifs et désigner mes adversaires. Je poussais une gueulante et j'avançais. Avec Murat c'était impossible. Dès les premières minutes il prit ma température pour mieux me neutraliser.

« Comment ça, je n'en sais rien ? essayai-je de résister. Je ne suis pas à l'aise, si tu préfères. J'ai une amie turque d'origine grecque, et elle, tu vois, elle comprend ce que je veux dire ».

Il hocha la tête avec respect. Un respect qui ne masquait pas sa perplexité. D'origine grecque ? Était-elle objective, disaient ses yeux. Son audace me cloua le bec. Derrière sa politesse il y avait autre chose : une volonté farouche d'affirmer son identité turque dès qu'elle semblait en danger.

« Elle comprend ?

— Oui ».

Une question me brûle les lèvres. Pourquoi m'as-tu poussé à choisir Fatih ? Pourquoi n'as-tu pas tenté de me dissuader ? Pourquoi ne m'as-tu pas expliqué les risques que je courais en m'installant dans un quartier que les Européens fuient à cause de son caractère pieux indigeste ?

Lui poser ces questions revenait à l'accuser. Impossible. J'étais coincé. « Au fond, c'est le quartier d'Istanbul que tu préfères, non ? » lui dis-je.

Il décoda.

« Pas seulement. Le patriarcat orthodoxe a son siège à Fener, à côté de chez toi, j'ai pensé que ça te rassurerait ».

Le patriarcat ? Rassuré ? Je m'interrogeai sur son éventuelle… bêtise. Pensait-il vraiment ce qu'il disait ou était-il retors ? Je considérais Dieu comme un virus, il le savait. Habiter près d'un lieu de pouvoir, fût-il religieux, ne pouvait au mieux que m'indifférer. Pourquoi se lançait-il dans une telle problématique ?

« La proximité de lieux religieux n'a aucun effet sur moi. Ce serait plutôt le contraire.

— Je comprends ».

Il ne comprenait rien, ou il faisait semblant. Il m'inventait un statut que je n'avais jamais revendiqué. Il me rejetait, là encore, vers un statut d'étranger. Puisque je n'étais pas Turc je serais content de vivre sous la protection du patriarcat. Ô Dieu (qui n'existe pas), s'il te plaît, protège-moi des faussaires. Vivre sous la protection du patriarcat ? À vrai dire, rien ne l'excluait sinon le fait que l'ambiance générale du quartier ne laissait à présent deviner aucun vertige, aucun tempo chrétien. Le seul commandement spirituel qui restait passait par le muezzin. Despina en faisait les frais. Même le folklore avait été placé sous contrôle strict des autorités. Et c'est là où les organisateurs de la séparation des communautés s'étaient comportés comme des guerriers impitoyables de l'an mille. D'un professionnalisme sidérant ils n'avaient rien laissé au hasard. Les échanges de populations entre la Grèce et la Turquie, à partir de 1923, s'étaient accompagnés à Fatih d'une extraordinaire reprise en main de l'espace public au seul profit de la religion qui allait devenir dominante. La purification religieuse avait consisté à abandonner les édifices sauf quelques-uns qu'on tolérait comme une vitrine du passé. Raser les bâtiments aurait constitué la solution idéale. Des contingences d'ordre architectural et diplomatique l'avaient empêché. On tombait, à proximité du palais du Porphyrogénète, et plus bas vers Balat, sur des ruines absolues que la municipalité ne pouvait ni restaurer ni anéantir. Sur de faux prétextes liés au terrorisme elles se gardaient même de renseigner les visiteurs comme les habitants sur ces vestiges d'un passé proche. Les terrains appartenaient à des États étrangers. L'expropriation était difficile. Murat en convint. Jusqu'à quand durerait cette situation ? Nul ne le savait. Du côté de la mairie et de l'État l'opacité était totale. On attribuait à certains lieux de culte moribonds, principalement grecs, une gardienne dont la famille occupait les lieux. Elle avait des consignes bien précises quand on sonnait à la porte. Interdiction de faire rentrer quiconque dans les églises abandonnées. Un riverain m'avait un jour affirmé qu'il suffisait que je passe un dimanche, il s'y tenait des messes. Je l'avais cru jusqu'à ce que les semaines suivantes je comprenne qu'il m'avait raconté des histoires. Pourquoi ces bobards ? Il habitait en face de l'édifice. Pour satisfaire quel fantasme d'une cohabitation impossible ? J'avais dénombré pas moins de huit bâtiments religieux avec enclos dans un périmètre de trois cents mètres autour de chez moi. Deux synagogues disposaient d'un terrain important. Protégées par des grillages, elles n'étaient pas gardées. Les discussions entre les États concernés, Grèce, Israël, Arménie, tenues secrètes, au point mort pour certaines, quand elles avaient lieu, semblaient ne jamais aboutir. Dans son orgueil et sa suprématie imaginaire la Turquie, à la recherche d'un point d'équilibre, n'entendait perdre le moindre avantage, même sur une pierre autrefois sacrée.

Tous ces ratages autour du passé pesaient sur ma conscience. La lâcheté, l'hypocrisie m'atteignait en plein cœur. Je ne voulais plus les cautionner par ma présence.

Murat écouta mon long plaidoyer sans broncher. Il semblait réfléchir intensément.

« Ne crois-tu pas que les descendants des gens qui sont partis sont autour de toi ? Il y a ceux qui sont venus d'Anatolie, je ne parle pas d'eux. Les autres. Tous les autres. Ils sont Turcs pour la nationalité. Mais pas pour le reste. Tu le sais bien.

— Oui, les fantômes. Je les connais ».

Il avait raison. Certaines de mes connaissances dans le quartier avaient une forte identité stamboulliote sans lien avec la religion. Ils étaient byzantins, constantinopolitains, qu'ils le sachent ou non. Leurs familles s'étaient, dans un siècle passé, converties à l'islam, rien n'avait été plus simple. J'en savais quelque chose depuis que l'entrepreneur de travaux m'avait montré la marche à suivre. Un jeu d'enfant ! Les conversions volontaires avaient formé le gros bataillon des croyances au sein de la population actuelle du quartier. Le volontariat avait engendré l'unité de la nation. En apparence seulement. Je retrouvais dans les traits de certains de mes amis de Balat quelque chose qui n'appartenait pas à la Turquie, mais bien plutôt à l'essence gréco-romaine. Sans reconnaissance de la filiation, drapeau turc et entêtement guerrier oblige.

On aperçut une voiture de police qui s'arrêta à notre hauteur.

« Que faites-vous dans la rue ? »

Murat leur raconta je ne sais quelle fable et ils repartirent sans insister.

« Il vaut mieux abandonner l'idée d'aller à Moda. Allons chez moi ».

33

Il habitait dans un immeuble moderne du haut de Kadıköy. Je l'avais connu dans une maison à Üsküdar qui se serait écroulée au premier tremblement de terre. Comme elle était sur un étage le risque pour les habitants n'était pas élevé. Avec un peu de chance je me serais retrouvé assis sur des gravats. Passer d'Üsküdar à Kadıköy, quelques petits kilomètres à peine, c'était le rêve de tous les fauchés branchés de la rive asiatique. On commençait par la première en louchant sur la deuxième. Murat avait patienté presque sept ans, son ascension sociale avait exigé des efforts, lui qui était parti de son quartier miteux du côté de Kocamustafapaşa. Il avait mis le Bosphore entre ses parents et lui pour gagner sa liberté. Nier le génocide des Arméniens pouvait, au final, rapporter gros. Il avait vu son statut au sein de l'université s'élever en même temps que son salaire. Habiter Kadıköy tombait sous le sens. Les bobos d'Istanbul, profs d'université et autres artistes, y trouvaient leur compte. Même si pour moi la commune occupée par les Ottomans un siècle avant le siège de Constantinople ne cassait rien, je ne me départais pas à son égard d'une certaine jalousie.

Sa nouvelle garçonnière ressemblait à la précédente. Un désordre estudiantin qui tenait lieu de décor. Mobilier de récup et piles de bouquins dans tous les coins. On retrouvait la même ambiance qu'à Üsküdar.

« Ah tu trouves ? Pas pour longtemps.

— Pourquoi ?

— J'en profite pour t'annoncer que je vais me marier ».

Enfin ! pensai-je. Il y va. La mère Ergin doit pousser un soupir de soulagement, elle se faisait un sang d'encre depuis des années. Célibataire à 45 ans, ça commence à faire long. Il m'avait raconté qu'elle lui avait notifié qu'il ne pourrait épouser qu'une femme sunnite. Une épouse de confession chiite n'était pas une option. Et que dirait-elle d'une Chrétienne ou d'une Juive, pensai-je sans oser lui poser la question. L'extravagance de la proposition aurait suffi à provoquer chez Murat son plus beau sourire. Originaire de la mer Noire, il appartenait à un milieu populaire. Rompre avec les traditions revenait à trahir la patrie.

« Félicitations, lui dis-je sans émotion particulière.

— La cérémonie devait avoir lieu en mai. Avec la crise actuelle je ne sais pas. Peut-être en juin.

— Ça te laisse du temps pour être célibataire. Profites-en, dis-je cyniquement. Elle est chiite ?

— Non, répondit-il sans s'étendre.

— Que Dieu vous bénisse, c'est son job, pas vrai ».

Il prépara le café.

« Elle devrait passer un peu plus tard, tu vas la rencontrer.

— Enchanté par avance.

— Revenons à ce qu'on disait. Assieds-toi. Tu penses vraiment que tu as fait le mauvais choix ?

— En m'installant en Turquie ou à Fatih ? »

Il hésita.

« À Fatih.

— Non, disons en Turquie.

— En Turquie, alors.

— Oui ».

Je faillis ajouter : je n'aurais pas été poussé par toi ce jour de décembre, je n'aurais jamais sauté le pas. Tu m'as poussé sans le moindre scrupule, sans t'inquiéter des conséquences, en espérant in petto que tu récupèrerais mon bien plus tard. Ne fais pas l'étonné. Tu crois que j'ai pas compris ton manège ? Vous avez fait ça pendant des années avec les étrangers sans vous gêner. À l'époque où il était impossible pour un non-Turc d'acheter un bien immobilier, il suffisait de le mettre au nom de l'un d'entre vous, lequel pouvait ensuite le récupérer. Ces manœuvres dégueulasses ont pris fin. Elles ont laissé des traces dans l'inconscient collectif. La question de la légitimité se pose toujours.

« Tu m'as encouragé, Murat, disons, non ? »

Il haussa les épaules. « Il ne faut rien regretter. Ce n'est pas une erreur. Ne crois pas ça ».

Pourquoi le croirais-je ? L'erreur est une notion complexe. Se tromper, pourquoi pas. À condition de le reconnaître. Mon cœur n'est pas chargé de ressentiment. Je ressens plutôt de la reconnaissance. J'aurais pu continuer à m'aveugler. L'univers ne l'a pas voulu. Il m'a dit : tu as appris beaucoup grâce à tes faux pas. Reprends ton chemin là où tu l'avais laissé avant de rencontrer la Turquie. Elle t'a servi à ouvrir les yeux sur toi-même. Ne lui en veux surtout pas, même si tu perds des plumes. Perds-les, et perds-en encore ! L'important n'est pas là. Tu as appris à connaître tes limites.

Ne pleure pas le fait que ce pays ne te convienne pas. Pleure, à la rigueur, le fait qu'il se débatte dans des contradictions qui le minent, qui incluent des dizaines de millions d'individus. Dis-toi que si toi, tu t'en sors, il s'en sortira aussi. Il n'est pas néces-saire que cela se déroule dans le même espace-temps. Vous êtes tous les deux sur la bonne voie. Toi, en l'abandonnant à son sort. Lui, en te voyant l'abandonner. Si tu guéris, il guérira aussi. Mais en dehors de toi, quand il sera prêt, quand il l'aura décidé.

Murat semblait résigné à encaisser les reproches que je ne for-mulais pas. Je sentais qu'il entendait leur gravité sans que j'aie besoin de m'exprimer. C'est lui qui avait signé la promesse de vente de mon futur appartement avec les vendeurs pendant que je me trouvais à Tbilissi en vacances. Ces souvenirs provoquent en moi un sentiment d'horreur comme dans le film d'Hitchcock où des oiseaux attaquent soudainement, sans raison, des humains contraints de se retrancher. Un frisson me parcourt l'échine comme si ce jour-là j'avais signé ma condamnation à mort. Les oiseaux allaient s'acharner sur moi.

« L'autre jour, c'était le triste anniversaire du génocide des Arméniens, lui dis-je alors qu'il s'asseyait en face de moi après le service du café. J'ai pensé à toi. Tu l'enseignes à tes étudiants, non ?

— Pas exactement. Mon enseignement concerne la période qui suit la Première guerre.

—Justement. À cause du confinement j'ai beaucoup lu récemment sur tout ça. Par exemple, j'ai appris que les Arméniens en 1915 souhaitaient l'autonomie, pas l'indépendance. Ils ont obtenu la mort en réponse. L'intention de tuer la population a été manifeste. Tu connais les fameux télégrammes chiffrés de Talat Paşa…

— Les originaux ont disparu, me coupa-t-il. Ils n'ont aucune vérité historique.

— Les principaux ont été authentifiés par l'ancien consul allemand à Alep, tu sais bien. Les télégrammes ont…

— Ce sont des faux.

— C'est ce que vous prétendez.

— Si monsieur Sherlock Holmes le dit…

—De toute façon, la preuve d'un génocide ne dépend pas d'ordres écrits. Est-ce qu'on les a pour la Shoa ? Non. On a autre chose. Ces télégrammes existent. L'idée de Talat c'est que les Arméniens s'étaient enrichis sur les dos des Turcs. Il les détestait parce qu'ils voulaient créer un État indépendant et qu'ils se sont rangés du côté des Russes, deuxième crime. Autant de raisons pour en finir avec eux. Les droits des Arméniens en Anatolie ont expiré, a écrit ce salaud. Pas un Arménien ne doit vivre, même pas le nourrisson dans son berceau ».

Murat perdit patience.

« Danilo, je ne suis pas ton élève. Tu ne vas pas me faire un cours, si ?

— Je veux comprendre pourquoi tu ne dis pas la vérité à tes élèves. Tu es un des éléments du négationnisme qui sévit depuis un siècle dans ce pays.

— Je m'appuie, reprit-il avec patience, sur les documents dont je dispose. Ces télégrammes sont des faux. Et même s'ils étaient vrais, ce ne serait pas à moi tout seul de les divulguer ».

Sur ce point, il avait raison. Un seul individu ne peut pas écrire l'histoire d'une nation, il ne peut pas se substituer à une volonté collective de présenter les choses autrement. Mais ne peut-il pas résister ? Comment ? En refusant de se rendre complice ?

« Donc, implicitement, sans le dire à haute voix, tu reconnais ?

— Une question, Danilo. Pourquoi t'intéresses-tu autant à ces questions ? En quoi te concernent-elles ? Tu n'es pas venu en Turquie pour nous faire la leçon, si ? »

Encore un bon point. Je n'ai rien prémédité. Il y a quelques années encore je ne savais même pas qu'un génocide avait eu lieu. J'ai commencé à avoir des doutes sur la nation turque en vivant dans le pays. J'ai rencontré des gens, et peu à peu un tableau s'est formé. Je ne donne de leçon à personne.

« J'ai été rattrapé par un passé collectif auquel je ne suis pas lié directement. Je ne sais pas pourquoi cela à présent me concerne. Si j'étais resté en France, rien ne serait arrivé. Vivre ici comme le font les retraités, les actifs ou les touristes, pas question. Si je ne cherchais pas à comprendre ce qui s'est passé j'aurais l'impression de perdre mon temps. Ce n'est pas à cause des lectures. Ce sont des choses qui se vivent. Si on ne regarde pas en face le passé, c'est qu'on est prêt à recommencer. La Turquie persiste dans sa gesticulation guerrière. Regarde avec les Kurdes ».

Une expression de dégoût s'afficha sur le visage de Murat. En moins d'un quart d'heure j'avais dépassé toutes les limites que je m'étais données sur le bateau, en me promettant de ne pas l'embarrasser. Je n'avais pas réussi. Je pataugeais dans le mauvais goût. Il ne m'accorde aucun droit de regard sur toutes ces choses. C'est vrai, je n'ai pas rédigé une thèse. Je me contente de chercher à comprendre. Je le mets mal à l'aise par plaisir, doit-il penser.

Avec calme, indifférence, il se leva et posa sur sa vieille platine un disque de Frank Sinatra. Sinatra ! Si je m'attendais à ça. Je lui souris.

34

Quand *Strangers in the night* retentit dans la pièce je crus qu'il en était bien fini de mon esprit de révolte. La question arménienne sortit aussitôt de ma tête. La moitié de la chanson passée, j'étais moins sûr de jamais vouloir quitter la Turquie, ce pays fantastique. La voix du crooner avait gagné sur ma colère. Murat m'avait bien eu. Il ne manquait plus que *My way* et je prenais la nationalité turque sur l'heure et stoppais à jamais mes critiques incessantes du pays remarquable où je vivais.

La voix de Sinatra... Pas sûr qu'elle participe à l'éveil d'une conscience révolutionnaire. On était loin des vibrations du *Bella Ciao* italien. La voix de velours du chanteur correspondait-elle au conservatisme turc ? Elle arrondissait les points de vue. Par sa pureté elle rendait l'auditeur captif et moins sournois. Quand la sonnette de la porte retentit, ma rébellion était en berne. J'étais prêt à admettre, à l'instar des autorités, qu'il y avait eu des torts des deux côtés. Les Turcs aimaient avec passion les Arméniens, contrairement à ce que prétendaient les mauvaises langues occidentales, ils n'avaient jamais commis ce dont on les accusait.

Murat se leva.

« C'est ma fiancée », dit-il en replaçant le bras du pick-up sur le sillon précédent, provoquant un scratch sous la tête de lecture. *Strangers in the night* repartit. J'attendis un assez long moment avant de la voir apparaître. Sinatra terminait sa chanson avec ces mots « *And ever since that night we've been together* » quand Murat précéda la jeune femme.

« Bonjour, comment allez-vous ?

—Je te présente Merve ».

La première chose qui me surprit est qu'elle portait un foulard qui encadrait son visage sans laisser apparaître sa chevelure. Idiotement j'avais imaginé Murat en rupture avec son milieu, épousant une tigresse européanisée à outrance pour contrarier ses parents. Elle avait environ vingt-huit ans. J'ai un don véritable pour détecter l'âge des gens, c'est plus difficile avec un foulard qui masque aussi la nuque, mais je maintiens un haut niveau de déduction. La deuxième chose qui me frappa c'est ses traits de madone. Elle était extrêmement belle et, à mon humble avis, elle allait le rester un bout de temps. Elle portait des vêtements aux couleurs vives, très bien coupés, qui changeaient des uniformes sinistres que revêtaient les femmes-corbeaux de mon Fatih. Eh oui, me dis-je, on est à Kadıköy. La perception religieuse n'est pas la même. En prime, Merve n'était pas avare de sourires, ce qui, là encore, dans mon quartier de retardés mentaux, aurait fait mauvais genre. À vrai dire, elle me plut sur-le-champ.

Sinatra avait fait son temps. Je proposai à Murat de passer à autre chose, ou mieux, aucune musique du tout. Merve continuant à sourire, il suivit mon deuxième conseil.

« Que faites-vous dans la vie ? » lui demandai-je après qu'elle eut posé son manteau.

Question brutale pour démarrer. Je brûlais d'envie de savoir.

« J'enseigne le turc à des étrangers à l'université.

— Ah laquelle ?

— Fatih Sultan Mehmet Vakıf Üniversitesi.

— Quelle coïncidence !

— Pourquoi ?

— J'y ai suivi des cours pendant quelques mois il y a environ cinq ans.

— Vous parlez très bien.

— Merci. En fait, non. Pas du tout. Je me débrouille ».

L'université privée de Fatih ne portait pas le nom de celui qui avait conquis Constantinople sans raison. Je n'y avais jamais croisé une seule étudiante dans les cours qui ne portait pas le voile. Si du côté des élèves on s'inscrivait plus volontiers dans l'université patronnée par le brillant et adoré Mehmet afin de rassurer les familles marocaines, tunisiennes ou indonésiennes sur ce qui attendait leur progéniture envoyée dans la folle Istanbul pour y parfaire leur éducation, en passant par l'intermédiaire d'agences on avait la certitude que les jeunes gens, et surtout les jeunes filles, n'iraient pas se dévoyer dans des lieux de savoir où ils pourraient faire de mauvaises rencontres. Certains profs et même la directrice du programme ne portaient pas le voile. L'administration baignait dans une atmosphère laïque irréprochable. Le campus de l'université comprenait une discrète mosquée à l'entrée où s'engouffraient parfois les étudiants, et pas les étudiantes, entre deux cours.

« L'enseignement est excellent, dis-je. Très bonne ambiance. Sauf qu'un jour je me suis énervé grave contre une prof.

— Énervé ? reprit Murat avec ironie.

— Oui !

— Qu'est-ce qui s'est passé ? s'inquiéta Merve.

— Eh bien, je ne sais pas si vous, Merve, auriez fait la même réflexion.

— Ça dépend, fit-elle prudemment, ne voulant pas accabler sa collègue à l'avance.

— Le cours démarre. Peinard. Tout se passe bien. La prof nous saoule sur les lieux touristiques que nous aimons à Istanbul. Un élève cite Taksim, l'autre Eyüp, le Bosphore, et j'en passe. Je me tiens au fond de la classe en train de boire du thé, bien décidé à ne pas participer à l'exercice. Soudain j'entends la prof sortir une énormité…

— Une énormité ? reprit Merve.

— Oui. « Et la mosquée Aya Sofia, vous ne la citez pas, les amis », qu'elle fait. J'ai failli avaler de travers mon thé ! « Aya Sofia n'est pas une mosquée, *hocam* », je lui crie après avoir levé la main. « Si, qu'elle réplique. Non, maîtresse, que j'insiste. C'est une église. Ou plus exactement, c'est devenu un musée en 1934 ». Elle me dit que je me trompe. Je lui demande de regarder sur le net. J'en suis sûr, que je dis. Elle reconnaît enfin. « C'est une erreur », elle fait. J'enfonce le clou : Plus de 900 ans basilique, moins de 500 ans mosquée. L'incident est clos. Les élèves, avachis, n'ont rien compris. J'étais très en colère contre elle. Y'a de l'abus, non ? Si je n'avais rien dit, elle mettait dans la tête des étudiants que Sainte-Sophie n'a jamais été autre chose qu'une mosquée.

— Je suis désolée, fit Merve.

— Auriez-vous fait la même erreur ? lui demandai-je.

— Je… je ne pense pas. J'en suis même sûre.

— Vous en êtes sûre ?

— Oui ».

Cela m'intrigua.

« À part ça, je me suis bien marré. Bonne ambiance. J'ai tout oublié des cours, mon turc ne s'est pas arrangé ».

Ils étaient assis sur le canapé comme deux enfants sages qui attendent de se retrouver seuls pour recommencer à rigoler. Murat ne parlait pas. Il la regardait. Je repensai à la chanson de Sinatra. Étrangers dans la nuit, ils l'étaient. En tout cas, pour moi.

« Je ne vous promets pas de venir au mariage, leur dis-je.

— Pourquoi ?

—Je ferai mon possible, mais avec tout ce que j'ai dans la tête, ce n'est pas sûr ».

Il hocha la tête.

« Et vous, Danilo bey, que faites-vous à Istanbul ? me demanda Merve. Avez-vous l'intention de vous y installer ?

—J'ai fermé mon cabinet médical en France. Je ne suis pas sûr de la suite. Je vais sans doute m'engager dans des actions humanitaires, si j'obtiens les papiers ».

Murat s'agita. Il craignait que je monopolise l'attention. Il n'avait pas envie que ça reparte, que je reprenne mes couplets. Mais pas du tout. Je sais me tenir. Et de toute façon, quand on insiste on n'est pas cru. La présence de Merve m'avait calmé.

« Je crois qu'une partie de ma famille, c'est très ancien, vit en France, à Marseille. C'est plus une rumeur qu'autre chose. À vrai dire, je ne le sais pas de façon certaine.

— Que voulez-vous dire ? Ça m'intrigue.

— Oh c'est une longue histoire. Je la connais mal.

— Mais justement ! Racontez. Enfin, non. Je pense que Murat doit la connaître.

— Il ne la connaît pas, dit Merve avec un sourire gêné.

— Je ne connais pas quoi ? »

35

On s'interrompit pour aller sur le balcon, les voisins tapaient des mains et chantaient. Je tombai des nues. Applaudissements, sifflets, sans compter les pétards. Dans mon quartier d'Ayvansaray personne ne fait la fête. En cas d'événement majeur ils brandissent le drapeau. Au quotidien, épier les voisins constitue une activité solide. Une saine gaieté de rue, gratuite, je ne l'ai jamais vue. Sauf dans les mariages, mais alors c'est le tralala.

« Ils ne sont pas marrants, les gens, dis-je tout bas à Merve. Je veux dire, en général.

— Vers chez vous ? Ici, c'est différent.

— Il y a plus de peps.

— J'ai habité vers chez vous. Ça ne me convenait pas.

— Et pourtant vous... »

Je m'interrompis, gêné.

« Oui, je sais, je porte un foulard.

— Ce n'est pas ce que je voulais dire ! »

Ben si, je n'avais pas sous-entendu autre chose.

« Ne vous inquiétez pas. Quand j'habitais Fatih je n'en portais pas. Ce n'est pas aussi simple, ajouta-t-elle avec un sourire. On a tendance à schématiser ».

Bonne sœur ou putain, même en schématisant, elle avait du talent.

— Tu n'exagères pas un peu, reprit Murat qui tendait l'oreille depuis un moment pour ne rien louper, malgré le bruit, des échanges entre sa fiancée et moi.

— Peut-être qu'un jour vous ne le porterez plus à nouveau.

— La vie décidera ».

Avec son minois de sainte pas particulièrement nitouche, elle m'intriguait de plus en plus. J'aurais aimé devenir son ami. Je ne connaissais pas des gens comme elle en Turquie. C'était sans doute ma faute. Elle était traditionnelle avec légèreté, sans calcul, indifférente au conservatisme ambiant. Elle ne se servait pas du voile pour s'éloigner des autres, les mépriser. Avec Murat entre nous je ne voyais pas comment nous pourrions développer une amitié indépendante. Et puis, quoi ? A-t-elle besoin de moi ? Qui a besoin de moi dans ce pays ?

« Cette branche française, de quoi s'agit-il ? repris-je alors qu'on quittait le balcon pour retourner au salon.

— Les descendants d'une partie de ma famille vivent à Marseille depuis très longtemps. Je suis d'origine arménienne.

— D'origine arménienne ?

— Oui ».

Dans la pénombre je vis Murat froncer les sourcils, à moins que je me le sois imaginé. Il bifurqua sur la droite et se dirigea vers la cuisine, séparée du salon par un minuscule couloir.

« Je vais préparer un café turc, ça va nous réveiller, ajouta-t-il en gardant son calme habituel.

— Pardon, Murat chéri, de te l'annoncer aussi brutalement. Je ne t'en ai jamais parlé avant.

— Pourquoi aujourd'hui, Merve'cim ? »

Petit cours de langue : *cim* est un délicat suffixe affectueux qu'on place en turc après le prénom d'une personne qu'on chérit, qu'on fasse semblant ou non.

« La présence de Danilo, je pense. Ça m'est venu spontanément.

— Tu peux expliquer, lui répondit-il un tantinet sèchement.

— Mon arrière-grand-mère était arménienne. Petite fille, elle a été enlevée par un soldat turc qui l'a adoptée. Sa mère a tout fait pour empêcher l'homme de prendre sa fille. Il a profité d'un moment d'inattention où elle s'occupait de son autre enfant, il l'a emmenée. On me l'a raconté comme ça.

— C'était quand ? cria Murat de la cuisine.

— À l'été 1915 ».

Je me fis silencieux, pour une fois. Qu'est-ce qu'allait penser la mère Ergin ? Pas grand-chose, sans doute. Pas sûr que mon vieux copain Murat lui raconte.

On en parlait de plus en plus. À l'intérieur comme à l'extérieur du pays, les Arméniens islamisés faisaient leur retour, parfois même à la une des journaux. En route vers la visibilité. Des centaines de milliers d'entre eux avaient échappé aux massacres. En acceptant la conversion, ils étaient restés sur le sol turc sous une identité musulmane pour assurer leur survie. Bouche cousue pendant de longues décennies. Sois Turc et tais-toi. Ferme-là. On s'en fout de ton passé. Cache-le, c'est plus simple. On les appelait les restes de l'épée…

Une minorité d'entre eux réapparaissait au grand jour, profitant d'un contexte politique favorable, certains demandaient le baptême. D'après ce que m'avait confié à la dernière fête du 14 juillet au Palais de France la très informée Anne-Marie qui passait son temps à fréquenter les dignitaires cathos et orthodoxes, les autorités arméniennes d'Istanbul n'avaient pas toujours vu d'un bon œil de telles résurgences. Le conservatisme était partout, y compris dans la mémoire génocidaire. Le soudain besoin de reconnaissance suscitait la méfiance. De l'autre côté de la route, chez les mollahs déguisés en politiques, on suivait l'affaire de près. On était prêt à bondir et à monter l'affaire en épingle pour préserver l'équilibre national. Le risque de déplaire au pouvoir en place tourmentait la hiérarchie arménienne, premier frein à l'adoption de nouvelles règles de conversion. L'État, soutenu par les Islamistes, ne se gênait pour rappeler qui était le patron. On leur mettait des bâtons dans les roues pour leur bien. L'administration, la diplomatie, la simple morale étaient rappelées à la rescousse. Et les moyens de rétorsion ne manquaient pas. Un état-flic ne se mêlait-il pas de tout, en même temps qu'il prétendait vous laisser libre ? Le show ottoman pouvait commencer.

Il était temps que je mette mon grain de sel. J'avais tenu cinq minutes sans rien dire.

« Pour changer de religion en Turquie il faut entamer une procédure judiciaire, n'est-ce pas ?

— Oui, confirma Murat.

— Donc, si certains de ces Arméniens islamisés après le génocide décident de reprendre la religion de leurs ancêtres, ils vont devoir le prouver ?

— Voilà.

— Oui, reprit Merve. C'est le cas d'un de mes amis d'enfance. Il a été élevé à Fatih.

— Ça ne change rien, fit Murat.

— Il est devenu Chrétien il y a deux ans. Ça ne s'est pas fait en trois jours. Il en a bavé. Et encore, il a eu de la chance. Côté turc comme côté arménien. Ils ne se sont pas acharnés. C'est peut-être parce qu'il est gay ? Il s'est posé la question. Ils n'ont pas voulu faire plus de vagues.

— Sûrement, fis-je. Si en Turquie ces choses-là étaient faciles, on le saurait. Pourquoi votre ami a pris cette décision ? Il est vraiment tombé dans les bras de Jésus ? »

Merve but une gorgée du café que Murat venait de nous apporter.

« Je ne pourrai pas le dire. Il faudra lui demander. C'est un révolté.

— Ah ? Comme moi.

— Comme vous ? Je ne le suis pas. Il y a un siècle, des gens ont été contraints de se convertir, un couteau sous la gorge, pour ceux qui ont eu le temps. Quand mon ami d'enfance a su tout ça il n'a plus été le même. Il a appris ses origines par hasard. Il m'a dit qu'il se sentait plutôt athée. Pour lui la croyance c'est pas le problème. Il s'est converti par colère.

— Pour la cause, quoi, ajoutai-je.

— Si vous voulez.

— Et à ceux qui l'ont converti, il a dit quoi ?

— Il a été prudent. Il ne s'est pas étendu. Ils se doutent que Dieu n'est pas la seule raison. Mais avec eux on ne parle pas de colère.

— Ça ferait bizarre.

— Ce ne serait pas logique. Se convertir par colère, même si c'est ce qui vous a poussé, vous ne pouvez pas le dire. Spirituellement ça coince. Le nouvel archevêque arménien verra les choses peut-être autrement ».

Vint la question qui brûlait mes lèvres depuis qu'elle nous avait parlé de sa « branche française ».

« Et vous, Merve, vous n'y avez jamais pensé ?

— Au baptême ?

— Oui.

— Non. Jamais. Jamais », répéta-t-elle.

Un cri du cœur. Murat pouvait dormir tranquille. Il lui sourit et baisa sa main.

« Je voulais dire, que faites-vous de ce passé ? Vous avez dit que vous ne saviez pas très bien.

— Vous croyez qu'ici les gens parlent facilement ? Les gens ont honte d'en parler quand ils savent. C'est différent dans le sud-est du pays. Ils sont plus ouverts, peut-être grâce aux Kurdes qui ne les regardent pas pareil. Et encore je n'en suis pas certaine. Mais à Istanbul, c'est différent.

— Cette famille, vous savez quoi de ces gens à Marseille ?

— Le frère de mon arrière-grand-mère a été conduit en France avec un oncle. Les traces se sont perdues. Beaucoup d'Arméniens en France sont devenus célèbres, n'est-ce pas. Mon ancêtre l'est peut-être devenu.

— Vous connaissez le nom qu'il portait en arrivant ?

— Non. Nous avons tous des noms qui n'ont plus rien à voir.

— Ils vous ont aussi volé vos noms. Ce n'est pas un célèbre chanteur mort récemment ?

— Aznavourian ?

— Oui.

— Non. Lui, c'était un Caucasien de Géorgie ».

Je restai un peu sur ma faim.

« A propos, cet ami d'enfance dont j'ai parlé, qui s'est converti, il habite vers chez vous. Vous connaissez Edirnekapı ?

— Oui.

— Il habite à Draman, vous voyez où c'est ? Je vous le ferai connaître.

— Avec plaisir ».

36

En sa qualité de prof d'histoire Murat nous délivra un cours magistral sur les rapports de l'État avec les forces religieuses du pays. J'ai écouté sans l'interrompre. Merve ne cachait pas l'admiration qu'elle lui portait. L'amour, ou l'envie de baiser, rend aveugle, non ? C'était académique et rasoir. Il est revenu sur la question arménienne sans se laisser intimider par ce qu'il venait d'apprendre à propos de sa belle.

« Les survivants se sont fondus dans la société.

— Fondus ? C'était un des buts de ce salaud de Talat. Si on ne peut pas les tuer tous, au moins qu'ils se convertissent. C'est ce qui est arrivé à la fille adoptive d'Atatürk, Murat, Sabiha Gökçen, n'est-ce pas ? Elle était Arménienne comme vous, Merve ».

Elle regarda son fiancé avec un sourire embarrassé, comme si elle attendait sa réaction pour confirmer ce que je disais.

« Il n'y a aucune preuve, Danilo. Elle n'en a jamais parlé, pas même à son biographe. Si ça avait été le cas, elle l'aurait dit, surtout vers la fin de sa vie. Elle ne l'a jamais fait. Encore une affabulation ».

Il me visait.

« Peut-être s'est-elle mise d'accord avec Kemal pour ne jamais en parler ?

— Elle avait 25 ans quand il est mort. Ça m'étonnerait qu'ils aient mis au point un stratagème quelconque.

— Je suis d'accord avec Murat, dit Merve. Toute l'affaire a été instrumentalisée. Comme elle a été adoptée, on s'est dit qu'elle pouvait aussi bien ne pas être ethniquement turque.

— N'en parlons plus ».

Et le génocide ? Je voulais savoir si Merve employait le terme. Elle regarda Murat avant de répondre, comme si elle craignait de le mettre dans l'embarras.

« Quelle importance, un terme ou un autre. Il s'agit de massacres.

— Exactement, reprit Murat. Le terme n'a pas d'importance. Ce n'est pas un génocide. Parlons de massacres sur fond de chaos dans l'empire agonisant.

— Pourquoi alors ne pas employer le mot génocide si c'est la même chose ? Je ne vois pas la différence.

— Parce que nos ennemis veulent nous affaiblir.

— Et tu penses qu'en employant le mot massacres vous vous en sortez mieux ?

— C'est un coup porté à notre unité. Comme lorsqu'ils ont voulu que Sabiha Gökçen soit Arménienne. Ils cherchent comment saper notre unité.

— Vous n'avez pas d'unité, Murat ! C'est une illusion. Je vais te dire pourquoi. Le génome…

— Le génome ? » reprit-il avec exaspération, comme s'il redoutait le pire.

Je ne l'avais jamais vu aussi perturbé.

« Oui, le génome.

— On t'écoute.

— C'est très clair, Murat. Le génome des populations ottomanes conquérantes dont vous êtes si fiers représente une proportion autour de 12%.

— 15.

— 15, si tu veux. Ça veut dire que même l'épée n'y a rien fait. Alors faut arrêter le délire et reconnaître ce que vous êtes et ce que vous devez aux Arméniens, aux Kurdes et aux Grecs : tout.

Vous leur devez tout. Eux, ils vous doivent l'épée et la conquête. Ça ne fait pas le poids.

— Il n'y a pas de délire. C'est toi qui t'en prends à notre nation que tu hais.

— Je ne la hais pas.

— Difficile de te croire.

— Ce complexe en reconnaissance, y'en a marre aussi, repris-je, remonté. Ces portraits dithyrambiques du conquérant Mehmet qui fleurissent partout aujourd'hui en disent long sur vos intentions futures. Ce n'est pas comme ça qu'on est fier d'être une nation, en montrant comment par l'épée on a envahi, tué, pour soi-disant apporter la civilisation. Ça montre juste que vous avez honte, et vous ne savez pas comment le dire autrement. Vous vous intoxiquez avec des récits héroïques qui laissent de côté les perdants. Ce n'est pas un signe de maturité. Délirer sur la conquête de 1453 c'est nier la présence des autres, imposer à la totalité de la population un point de vue militaire et vaguement civilisationnel qui n'annonce rien de bon pour le futur. Ça fait le lit des prochains coups d'état.

— Et l'Algérie ? pointa-t-il sans crier gare.

— Ah ça vient. Je l'attendais. Je sais, c'est l'argument que vous ressortez toujours. Par chance nous, on n'a pas réussi. Ça fait toute la différence collectivement pour une nation. Après 130 ans on s'est barrés. L'honneur est sauf. Pas le vôtre ».

La belle Merve s'agita. Je la sentis peinée. Avais-je encore été trop loin ?

« Vous savez, Danilo, on peut se dire Arménien sans se reconnaître chrétien, dit-elle en changeant de sujet pour me prendre de court. C'est comme les gens qui sont athées ou zoroastriens. Les deux ne sont plus liés. C'est fini. Même si ma grand-mère était arménienne, cela ne fait pas de moi une arménienne.

D'ailleurs, on hérite de la religion du père ici. Oui, je me sens, par certains côtés, Arménienne ».

Elle avait réussi à tuer dans l'œuf ma précédente intervention ! Je faillis lui crier Bravo.

« D'accord, Merve. Sauf qu'en y regardant de plus près on découvre autre chose. Vous savez très bien comment tout ça se passe en réalité, au-delà des grands principes. Les dés sont pipés. Les Arméniens ne veulent pas de vous parce que vous avez été islamisés. Et les Musulmans non plus parce que pour eux vous restez Arméniens. Dans la bêtise populaire, relayée par les autorités avec un grand sens de la manipulation des masses, c'est ce qui se passe. Même si officiellement on dit le contraire.

— Je ne me sens pas différente.

— Ah ! »

Elle ne se sentait pas différente ? Je faillis lui balancer que c'était parce qu'elle ne disait rien de son passé familial, justement. Il avait quand même fallu que je débarque dans cette maison pour que son promis apprenne ses origines. Il aurait été cruel de ma part d'insister. Non pas que la politesse m'étouffe mais je me fixe des limites quand les faits parlent d'eux-mêmes.

« Cher Murat, il est tard. Puis-je te demander l'hospitalité ? Je pourrais prendre un taxi mais je me sens très fatigué.

— Tu peux rester.

— Je vais préparer votre chambre, proposa Merve.

— Je peux dormir sur le canapé.

— Comme tu veux ».

— Danilo bey, vous êtes quelqu'un d'amusant, reprit-elle. Ce que vous dites de nous ne me dérange pas du tout. Ce sont vos idées. Personne n'a besoin de croire qu'elles sont vraies ou fausses. Ça n'a pas d'importance. Vous avez vos raisons. Vous ne nous aimez pas et en même temps, vous nous aimez. C'est difficile à comprendre pour moi. On ne peut qu'écouter. Si vous pouviez penser autrement, je suis sûre que vous le feriez. Vous ne le pouvez pas. Il faut l'accepter.

— Vous ne m'enverrez pas en prison alors ? »

Elle éclata de rire.

« Tout le monde a droit à ses idées, aussi fausses soient-elles. D'autant que les vôtres se situent au milieu du chemin, entre l'exagération et la peur. Vous avez bouclé le dossier comme vous l'avez pu. Murat m'a beaucoup parlé de vous. La nostalgie de votre pays provoque pour l'essentiel vos réactions. Vous n'avez pas tous les outils de pensée pour nous comprendre.

— Vous voulez dire que je suis idiot ?

— Vous n'avez pas vécu assez longtemps ici pour savoir de quoi vous parlez. Ce que vous dites manque de profondeur. Votre regard sur 1453, la conquête ottomane et tout ça, ne forme pas une véritable réflexion. Vous confondez trop de choses, je crois.

— Ce n'est pas impossible ».

J'aurais pu l'écouter pendant des heures. Le plaisir exceptionnel d'entendre une parole intelligente n'a d'égal que l'acceptation de la remise en cause à laquelle l'autre vous soumet. Je me moque d'avoir raison ou tort. Ce qui m'importe c'est d'être sincère. On peut me dégommer pour tout ce à quoi je crois. Ça ne m'empêchera pas de vivre et de continuer.

En m'allongeant sur le canapé, alors que toutes les lumières dans l'appartement, une à une, s'éteignaient, je ne sais pourquoi le visage d'Anne-Marie Prigent, ma bonne copine bretonne d'Istanbul qui se la joue ottomane et soufisme, m'apparut dans l'obscurité. Pourquoi venait-elle me visiter ? Elle est si différente de la douce et franche Merve qui dort à quelques pas de moi, sans doute aux côtés de son futur époux. La parole d'Anne-Marie n'est pas libre, embourbée dans les réseaux sociaux dont elle dépend pour se faire entendre. Comment peut-il y avoir une telle disproportion entre son intelligence et l'écoute dont elle dispose ? Ses textes, ses commentaires sont lisses comme de la pâte à crêpe. Elle ne se rend pas compte qu'elle ment du matin au soir, partant de l'incroyable principe qu'elle ne doit dire que du bien des choses du monde qui évolue autour d'elle. Elle tait tout ce qui n'entre pas dans ce schéma.

Je préfèrerais mourir plutôt que ça, me dis-je alors que je ne pouvais trouver le sommeil.

37

« Tu le connais ? » fit Despina.

« Pas encore.

— Quelle coïncidence ! Je l'ai croisé à l'église bulgare plusieurs fois, le dimanche, à Balat. Il est très sympa. Qu'est-ce que tu as ?

— Je suis en rage, Despina.

— Contre lui ?

— Rien à voir ».

Elle parle de coïncidence. À condition qu'on parle de la même personne. Je rentre chez moi en fin de matinée, le quartier est mort, sous couvre-feu. Même le marchand de tomates n'est pas là. Merve m'envoie par sms les coordonnées de son ami d'enfance, il s'appelle Sinan, me rappelle-t-elle. Elle veut me caser avec lui ? Au même moment Despina appelle, je lui en touche deux mots, il a découvert ses origines arméniennes, que j'ajoute. Elle réfléchit, ni une ni deux elle le connaît et met aussitôt un visage. Il faut admettre que de Balat à Karagümrük en passant par Draman et Fener ma copine grecque, princesse byzantine d'Istanbul, connaît tout ce qui bouge dans le périmètre, chats et chiens errants compris. Moins les chats à cause de leur grand nombre. Les chiens, on les reconnaît d'une rue à l'autre. Camés par les autorités, ils vieillissent sur les trottoirs, repus de tranquillisants et de victuailles.

« Pourquoi t'es en rage ?

— La porte d'entrée de mon immeuble ! » criai-je comme si du fond de mon désespoir avec ces mots j'avais tout dit.

En fer forgé, usée, sale et mal aimée par la femme de ménage, elle n'exerce plus la seule fonction qu'on attend d'elle : la mise en route du système électrique de fermeture automatique. Dès mon entrée dans les lieux j'avais remarqué le manège et espéré que ça s'arrangerait tout seul. Parfois le glorieux portique faisait un effort et se refermait complètement. Le plus souvent, non. Il venait se rabattre sans faire de bruit, permettant à n'importe quelle cloche du quartier de s'infiltrer dans l'immeuble.

J'aurais mieux fait de me rappeler que je n'étais qu'un étranger. Un étranger, ça ne se mêle pas de l'intendance d'un immeuble dans lequel il est toléré, rien d'autre. Je me suis mis dans la tête de m'attaquer à cette masse inerte. Concerné au premier chef, du fait que mon lit est juste derrière le mur de la foutue entrée, j'ai oublié que je ne maitrisais ni la langue ni les procédures locales. J'ai, comme d'habitude, mis les pieds dans le plat en m'attirant des représailles. Acte 1, me croyant dans le royaume des Francs, avec l'espoir de plaire à mes frères turcs, je prends en solo la décision de faire réparer la gardienne de notre intimité. Je contacte le génial entrepreneur qui voulait faire de moi un musulman à bon compte. Pas rancunier, il s'empresse d'envoyer son gars sur place, lequel farfouille pendant une heure autour de la serrure. Il annonce la couleur : c'est gagné. Réparé. Il s'en va.

Acte II, une heure plus tard. La stupeur. La porte ne veut pas guérir. Elle ignore le bien qu'on lui veut. Je ne lâche pas l'affaire. Je rappelle le patron. Le gus revient.

« Faut changer tout le système.

— Et ça marchera ?

— À coup sûr.

— D'accord ».

Il est temps de prévenir les voisins. Faut de l'investissement. C'est l'affaire de l'année. Ils sont méfiants mais acceptent. On répare, on partage la dépense. Tout le monde donne son accord. L'artisan fait le boulot. On se pâme du résultat. Les voisins, un à un, viennent me filer les ronds, dring, voici ma part, je refais des clés pour tout le monde, deux pour chacun, ça tiraille un peu pour me payer, mais en gros tout se passe bien.

« Et alors ? » demanda Despina que mon récit intéressait, sans plus.

Moins de deux mois plus tard, la nouvelle tombe. La porte refait des siennes. Elle vient terminer sa course sans se fermer. Les voisins n'en reviennent pas. Ils me reprochent le choix de l'artisan. Ils attendent que je les dédommage. Je perds la face. Le faux serrurier revient. Nouveaux réglages, l'espoir renaît. Je me veux rassurant. On me regarde de haut. J'ai utilisé tout mon crédit.

La réparation tient dix jours, pas un de plus. Je lance une nouvelle idée. Faudrait changer toute la porte, comme ça on est tranquilles. Réponse unanime : pas question. Trop cher. C'est ce que je me disais. Une semaine passe. Je sens aux regards que je n'ai plus la cote. On me salue à peine. Moi l'étranger, je me suis mêlé à tort, et avec quel résultat. Ils ont casqué pour rien.

« Ouille, fit Despina. On veut rendre service et tout le monde te tombe dessus.

— Qu'est-ce que je pouvais faire ? L'artisan est nul, j'y suis pour quelque chose ?

— Et alors ?

— Depuis, c'est l'enfer. Ils ont pris les choses en main, farfouillé je sais pas comment dans le système. Elle remarche. Sauf que maintenant elle claque contre le battant, le bruit est effroyable. Toute cette masse de fer, ça fait trembler le rez-de-chaussée, ça me réveille en pleine nuit.

— Ah non !

— Je passe mon temps à courir après tout le monde en gueulant de retenir la porte, mais un résident sur deux ne le fait pas, ils s'en foutent et se vengent ».

La vengeance est la piste que je privilégie. Le Français a bouleversé nos habitudes. Il nous a fait payer un service qui ne fonctionne pas. La porte fait le job maintenant, elle s'enclenche. Ça fait plaisir de l'entendre claquer violemment. C'est ça une porte.

Le nouveau paradigme provoqua ma stupeur. C'est ça une porte ? Ça ne finirait jamais ? Ce pays ne serait jamais tendre avec moi ? En proie au désespoir, je tentai une ultime démarche : émouvoir mon voisin au-dessus en le priant sur WhatsApp de bien vouloir demander à ses enfants de ne plus claquer la porte, en particulier à minuit. Je tournai la chose avec les meilleurs termes turcs à ma disposition.

Il le prit très mal. Eh, vous êtes sûr que c'est nous, d'abord ? Comment osez-vous ? Supprimez mes coordonnées, s'il vous plaît. Et il ajouta le numéro de téléphone de sa fille pour que je lui adresse directement mes remontrances. C'est eux ou pas ? Qu'est-ce qu'il veut dire ? J'essaye de comprendre. Sa brève réponse est un modèle d'entortillage. C'est nous, mais c'est pas nous. C'est blanc, mais c'est noir aussi. Pourquoi vous plaignez-vous ? Ici on ne se plaint pas. Ma fille a fait le coup. Voyez avec elle.

Remonter la filière de sa pensée me fit du bien. Un énième malentendu.

« Mon pauvre ! fit Despina qui elle-même, si elle avait habité en appartement aurait rendu dingues ses voisins avec sa voix de crécelle et sa façon d'écraser le sol en marchant. Les gens sont cruels. Il ne veut même pas que tu gardes son numéro ?

— Non.

— Je te parie qu'à la fin du Ramadan il va se réconcilier avec toi et t'apporter un repas.

— Tu crois ?

— Ce n'est pas du tout impossible.

— Je te dirai ».

L'optimisme de Despina me réconforte. Le voisin au-dessus qui n'est autre que le frère de l'ancien propriétaire de mon appartement avec lequel il s'est fâché à vie pour une histoire d'oiseau que son chat a malencontreusement mis à mort, risque de considérer que j'appartiens au clan familial ennemi, même si je n'ai plus le moindre contact avec la tribu en question. Il va penser que la malédiction du rez-de-chaussée repart. Rien de bon ne sortira jamais des murs de cet étage. Même lorsque je partirai et que mon successeur occupera les lieux à ma place en profitant de la vue sur la Corne d'Or, une nouvelle embrouille viendra chasser la précédente. Et ainsi pour les siècles des siècles, jusqu'à ce que l'immeuble s'écroule au prochain tremblement de terre.

Il peut sembler étrange que je parle d'un panorama spectaculaire à propos d'un appartement situé en rez-de-chaussée. Il faut se figurer les choses telles qu'elles sont, quitte à revenir à l'essentiel : Constantinople devenu Istanbul repose, comme une déesse fatiguée, sur sept collines à l'instar de sa sœur italienne, de sorte que même les souverains ottomans n'ont pas hésité à se déclarer Sultans des Turcs et des Romains sans en éprouver la moindre gêne. L'une des collines, la sixième, est celle de Balat et de ses environs. C'est la mienne. Je la partage avec quelques amis. Sur la route qui mène au palais de Constantin Porphyrogénète, aux premières hauteurs apparaît la rue du hammam du fameux Pacha. Elle est en pente légère quand on s'approche de mon immeuble. Côté jardin, un vertige de quatre étages vous fait comprendre la géographie byzantine. Maison sur la colline, elle dispose d'un panorama époustouflant.

Je ne sais plus quoi faire pour ne plus entendre cette porte moyenâgeuse claquer dans mes oreilles, jour et nuit. J'ai tenté le tout pour le tout en m'expliquant avec un voisin que j'ai pris sur le fait. Il a levé les bras au ciel comme s'il n'existait aucune possibilité pour qu'il procède autrement. L'idée d'accompagner la porte lui semble impossible, inhumain. Je tente d'obtenir de lui une chose non prévue par le code des civilités.

L'accusation selon laquelle je serais caractériel, je l'entends parfois dans mon dos. Et je ne la récuse pas. Elle ne m'est pas pénible. A-t-on le droit d'être ulcéré ? Il m'arrive de m'emporter à tort. Toute l'histoire de ma vie. On s'empresse de vous cataloguer du plus vilain nom possible sans jamais réfléchir sur ce que vous avez tenté de réveiller par votre colère. Ceux qui ne s'emportent jamais imposent leur loi. Avec eux on ne bouleverse pas l'ordre établi. Que faire des rebelles comme moi, si on ne les met pas en prison ? L'ordre de la pensée arrangeante a-t-il toujours le dernier mot ?

38

J'ignore si à la fin du Ramadan, comme le suggère Despina, le frère de Recep viendra m'apporter le repas de la paix, lui qui m'a demandé, en gros, d'aller me faire foutre. En attendant, je dois faire face à un problème. Pas si grave, il ne dure chaque jour que quelques longues secondes interminables. Il est préoccupant pour mon hygiène mentale et la stratégie qu'il révèle. Je n'ai pas eu le temps ni l'envie de l'évoquer jusqu'à présent.

Ce n'est pas à minuit, mais plutôt autour de trois heures du matin que le problème surgit : je suis réveillé en sursaut. J'entends les premiers vrombissements au loin, le vacarme se rapproche, il va crescendo, atteint son apogée, puis s'éloigne, lentement, lentement. Et, cette fois, le coupable n'est pas une porte.

Un jeune tambour est missionné pour réveiller le voisinage pendant le Ramadan. À quelles fins ? Il veut qu'on ait terminé d'avaler toute victuaille avant le lever du soleil. C'est la deuxième année que je suis confronté à lui. Il descend ma rue à la façon d'un tank de Tiananmen chargé de mater les manifestants. Avec l'horrible légitimité de la religion, il s'attaque à toutes les artères, petites ou grandes. Il quadrille le quartier de sorte que pas la moindre impasse lui échappe. On dirait l'ogre d'un conte enfantin qui vient s'en prendre aux innocents qui dorment. Roulements de tambour. Oyez, bonnes gens, c'est l'heure, assez pioncé ! Badaboum, badaboum ! En piste ! Badaboum ! Comment faut-il vous le dire ? Bouffez, faites l'amour, masturbez-vous, lavez-vous, il vous reste environ deux heures. Le tambour ne passe pas à heure fixe. Je ne sais pas grand-chose des arrangements. Le sujet est tabou entre voisins. Pour l'intervenant sélectionné il s'agit d'un job d'étudiant. Un jour il passera chez moi et réclamera des lires. Il fait tout ce boucan sur commande. L'État qui coordonne la manœuvre mise sur le religieux pour mieux faire oublier le reste, l'impasse sociétale, le désespoir, les denrées alimentaires hors de prix. Les traditions ont bon dos. On manipule la population comme si personne n'avait de réveil et qu'on avait besoin d'un étudiant pour faire le boulot d'une horloge. Je suis oppressé par ce vacarme nocturne.

Ça fleure l'armée et le retour des mœurs ottomanes. Parfois je ne parviens pas à me rendormir. Je n'ai pas mon mot à dire. Quelle conclusion en tirer ? Cela rend-il le pays plus vivable ? Non. J'ai rattaché le tambour au reste, à la nature profonde des liens sociaux, jusqu'à l'instrumentalisation de la bêtise que la perpétuation d'une telle coutume coordonne. J'y vais fort, tant pis. Pourquoi accepterais-je que l'État me réveille pendant que je dors ?

Aucun Turc ne s'aventurerait à vanter ou commenter autrement que d'un sourire l'opération tambour à laquelle il est soumis, sauf ceux qui en demandent l'interdiction. La seule qui a pris le risque d'en dire du bien n'est autre qu'Anne-Marie Prigent, la douairière, la sultane. C'est plus fort qu'elle. Elle avale le pays comme une sucrerie, sans faire gaffe au diabète. Pouvait-elle laisser passer pareille occasion sur les réseaux sociaux de marquer son attachement à la Turquie ? Elle tient la barre autant que le filon. La moindre tradition est à chérir comme du bon pain, une planche de salut. Est-elle stupide ou l'agent délibéré d'un pouvoir fort qui la fascine ? Est-elle la énième victime d'un exotisme qui continue à la travailler malgré vingt années de présence continue dans le pays ? Il serait temps qu'elle passe à autre chose. Il est possible que je me trompe, mais il me paraît que réveiller en plein milieu de la nuit au nom de la religion n'est pas aussi innocent que le chant d'un coq à l'aube. L'effet sur la conscience humaine est différent. Le tambour ne tire sa légitimité de rien.

Ma meilleure ennemie a posté la vidéo du tambour qui sévit dans sa rue, avec le commentaire suivant : *3 heures du matin, le tambour du Ramadan réveille ceux qui jeûnent pour qu'ils prennent le repas de l'aube.*

Il réveille aussi les autres, pas seulement ceux qui jeûnent, imbécile. Folle ! Elle n'est pas capable d'être précise et de fournir une information complète. Je ne vais pas laisser passer ça. Elle abrutit le monde en toute impunité, des milliers de gens écoutent ses inepties et se retrouvent manipulés par son amour du pouvoir.

« Anne-Marie, tu charries ! Il réveille tout le monde, le tambour, pas seulement ceux qui jeûnent. Tu es responsable de ce que tu écris. Tu ne te rends pas compte ? lui dis-je au téléphone.

— Je te laisse le soin de donner cette information, Danilo. Pourquoi tu le prends comme ça ? Forcément il réveille ceux qui ne jeûnent pas. J'évoque une tradition importante. Chacun la traite ensuite comme il le souhaite.

— De quoi tu parles ? Quel traitement ? Tu as entendu parler de la tradition de dormir ?

— Danilo, ne plaisante pas.

— Et la tradition de laisser crever les gens qui font la grève de la faim, tu en penses quoi ?

— Hors sujet », répondit-elle sèchement.

Ce qu'elle appelle hors sujet est un événement qui vient de se produire. Un musicien à qui on n'accordait pas le droit de jouer sur scène pour délit d'opinions est mort, la nuit dernière, après avoir refusé de se nourrir pendant de longs mois. Une forte mobilisation, la promesse que ses concerts de juillet auraient lieu l'ont décidé à mettre un terme à sa grève. Trop tard. Malgré les perfusions de sang, le corps a lâché. Il s'appelait Ibrahim. « Je suis désolé pour lui, fit Anne-Marie. J'étais au courant de l'affaire.

— Et tu viens nous parler d'un tambour qui emmerde le monde. Tu ne parleras jamais de ce musicien. Ça pourrait te nuire, pas vrai, nuire à l'image que tu veux donner d'un pays idyllique. Tu es une vraie collabo, Anne-Marie, lui criai-je de rage.

— Quoi ?

— Tu es une collabo. Sous prétexte que ce pays te convient, tu te refuses à en donner une image complète, tu te refuses à prendre parti en racontant ce qui se passe derrière l'image officielle.

— Tu fais ça si bien, pourquoi prendrai-je ta place ?

— Ce n'est pas ma place. Ce que tu fais m'écœure.

— Heureuse d'apprendre que je suis considérée comme une collabo, merci. Je ne suis pas aveugle, Dieu m'en préserve. Je pense faire la part des choses.

— En te pâmant exclusivement des délices et traditions de la Turquie ?

— Chacun est libre de passer son temps à ne voir que ce qui fâche ou éloigne.

— Éloigne de qui ? De Dieu ? Allez, arrête ton char. Pense un peu par toi-même !

— On peut polémiquer sur tout, Danilo, c'est plus facile que de voir le verre à moitié plein.

— Le verre à moitié vide, c'est moi ? Cette métaphore est débile. Polémiquer ? explosai-je. Les questions d'opinions, c'est polémiquer, quand ce pays est sur la liste des nations qui enferment ses opposants, au lieu de les laisser libres ? Niveau zéro de la conscience collective. Je ne vais pas être plus cruel avec toi. Je sais ce que tu vises et ce que tu protèges. Et ça s'appelle bien de la collaboration. Le traitement des minorités est au cœur de la question sociale. Que la majorité des Turcs vivent heureux et paisibles sous un régime qui les protège, je n'en doute pas. Mais eux, pardon, ils ne m'intéressent pas.

— Pourquoi ?

— Parce que la parole des opposants est plus importante. C'est par elle qu'on grandit, pas avec des traditions de merde qui anesthésient les gens. Se rendre complice de ça c'est faire le lit du pouvoir, c'est exactement ce que tu vises.

— Je te remercie encore, Danilo. Bonne journée.

— Tu as un peu gâché la mienne, mais je m'en remettrai.

— Il en faut peu pour te gâcher l'existence.

— Très peu. Tout dépend de ses priorités. On n'est pas divisés en morceaux ».

Elle raccrocha. Je suis allé trop loin ? Le silence des étrangers, et davantage ceux qui sont naturalisés, est assourdissant. Ils s'imaginent qu'ils n'ont pas leur mot à dire. Ils ont peur. Anne-Marie, citoyenne turque, sait qu'elle peut perdre les quelques avantages qu'elle a, liés à son statut de reporter indépendant. Je ne lui demande pas de faire la révolution ni d'engager une grève de la faim. Je lui demande une attitude. Je lui demande de cesser d'alimenter la machine du pouvoir en place. Qu'elle rejoigne un camp véritablement neutre. Sous couvert de traditions, elle est l'alliée objective des conservateurs qui gardent le couvercle fermé sur le pays en ne l'ouvrant que pour laisser passer un peu de vapeur par le biais de l'exotisme bon marché dont on se lasse très vite. Par ses silences elle confirme la narration du pouvoir. Collaboration secrète.

39

« Mon pauvre, reprit Despina, tout le monde t'en veut. Tu vas finir par faire le vide autour de toi. Remarque, cette Anne-Marie, je ne l'ai jamais trop blairée ».

Elle est venue me rencontrer à Fener, près d'un restaurant à vocation sociale qui est fermé depuis le début de la pandémie. On a enjambé la barrière de sécurité qui en interdit l'accès. O surprise, face à nous trois policiers planqués à l'arrière du resto, qui discutent et qui clopent. Ouille, ils vont s'énerver après nous. Miracle au pays des Sultans et de la soupe aux tripes au petit déjeuner, ils nous accueillent comme des héros, avec force amabilités. Pas la moindre remarque désagréable. Hey, les gars, ce qu'on vient de faire est illégal, on a franchi le passage, et vous restez les bras croisés.

Une de leurs nombreuses contradictions. Confrontées à la population ordinaire, les forces de l'ordre ne le prennent pas de haut. La courtoisie court les rues de Turquie comme les tambours pendant la nuit. La mission policière, version laïque ou religieuse, est prise très au sérieux. Ils contrôlent avec un flair peu commun aux sorties des métros. Toujours les mêmes. On ne ressent aucune oppression, il en découle même un sentiment de liberté qui fera illusion jusqu'au jour où vous décidez de manifester. Fini la camaraderie flics-citoyens. Bienvenue la Turquie des coups bas. Policier, soldat, tu es là pour sauver la nation en danger. Regarde, ils font une manif, on ne va pas les laisser marcher, notre électorat n'aime pas le désordre. On défend l'ordre, il est forcément religieux.

Je faillis ouvrir ma grande gueule et leur demander pourquoi ils étaient si sympas avec nous. Despina, devinant mes intentions, prit les devants.

« Merci beaucoup ! Nous voulons juste faire une petite pause, si ça ne vous dérange pas ? Avant de continuer à nous balader.

— Je vous en prie », fit l'un des policiers sans glisser vers la moindre familiarité.

On prit des chaises, on s'éloigna de deux bons mètres.

« Anne-Marie ? Elle mange à tous les râteliers. Je la suis depuis un moment. Ne t'en veux pas de l'avoir remise à sa place. Je pense qu'elle aime ça. Elle saoule tout le monde avec ses sujets qu'elle rabâche. Ça manque de punch. Ses histoires de mosquées, d'églises et synagogues, c'est mortel ! Elle a besoin qu'on parle d'elle. Même en mal ça ne la dérange pas ».

Je décidai d'en rajouter une couche.

« Sa lourdeur m'embarrasse, si tu veux tout savoir. Tu as vu ce qu'elle a posté sur le tambour ? »

Soyons honnête, au fond de moi je ne suis pas sûr d'avoir raison. Sa connivence avec les pouvoirs me déplaît. J'ai développé une allergie au pouvoir qui découle d'une autorité fixe. Être irrévérencieux me redonne un peu de ma liberté perdue.

— Ne m'en parle pas de ce tambour. On n'en peut plus avec mes sœurs. Ils nous gâchent une fête qui pourrait être magnifique sans ces imbéciles qui ne savent même pas taper dessus correctement.

— C'est la tradition, Despina !

— Tu sais ce que c'est ? Tu veux que je te dise ? »

Sa voix s'est élevée. Les policiers vont nous entendre.

— Parle plus bas ».

Un des hommes se marre en nous écoutant.

« Le tambour, la nuit, ce n'est pas de l'ordre de la tradition.

— Ben si, Despina.

— Non, Danilo. C'est, comment te dire, l'habitude d'une délinquance religieuse.

— Qu'est-ce que tu racontes ? »

Le flic tendait l'oreille.

« Imagine qu'au lieu d'un mec qui se balade dans la rue avec son tambour ce soit un saxophoniste ou une chanteuse d'opéra ? Tu suis ?

— Continue.

— Si ça se reproduisait toutes les nuits, probablement qu'on finirait par appeler la police.

— Ah ! ah ! fit le principal intéressé à nos côtés.

— Après, j'ai rien contre. Aimer les fous, les délinquants, pourquoi pas, ils ne font pas de mal, après tout, ceux-là ».

Je n'y avais pas songé. Comparer l'ennui du tambour à la délinquance, pas idiot. Le flic, un petit gars aux yeux vifs, s'amusait des propos de Despina. Elle finit par s'adresser directement à lui.

« Qu'est-ce que vous en pensez. J'ai raison ou pas ?

— S'il y a tapage nocturne et qu'on nous appelle, on viendra, reprit-il en tirant sur sa cigarette.

— Et si je vous appelle cette nuit, vous allez venir ? » dis-je à mon tour, en le prenant au mot.

Il cessa de sourire et consulta ses collègues du regard.

« Non. Le gars a les autorisations. Motif religieux. Il faudrait une procédure complète sous forme de pétition, je ne suis pas sûr que ce soit possible ».

Qu'est-ce que mes voisins penseraient si je leur soumettais le projet ? Mon niveau de proximité avec eux, autant que celui de mon turc, ne me permet pas d'échanger sur des sujets aussi profonds, sans compter que le silence et la discrétion forment l'armure sociale secrète des habitants de Fatih.

Il est certain qu'on peut voir ces questions de plusieurs manières. Le tambour comme délinquance religieuse ? Une métaphore que j'endosse.

« J'aime bien ton idée, Despina.

— Ils ne vont pas nous raconter d'histoires. Attends, ils parlent de tradition. C'est un leurre, Danilo, une embrouille. Ils donnent des gages à ceux qui ont intérêt à développer la religiosité, surtout quand on sait que l'écrasante majorité s'en fout. On force ceux qui sont athées ou simplement agnostiques à supporter pendant leur sommeil quelque chose d'anormal, cautionné par l'État qui vient apporter sa garantie comme un placement financier. Être réveillé en sursaut quand t'es malade, imagine, rajoute tous ceux qui dorment mal.

— J'en suis.

— Ils sont sans pitié.

— De qui parlez-vous ? demanda le flic.

— Et tout ça pourquoi ? reprit Despina sans répondre. C'est de l'enfantillage, leur truc.

— On ne va pas devenir plus religieux parce qu'un tambour vient te dire de te lever. Non, mais franchement, ils sont aussi naïfs que ça ?

— L'excès d'argent est aussi une délinquance, fit très curieusement le policier qui ne perdait pas une miette de nos échanges.

— Mais oui, si vous voulez, accorda Despina. A choisir, je préfère encore cet excès-là au précédent. Au moins, on profite de quelque chose.

— La religion aussi est profit », ajouta-t-il.

C'est qui, ce mec-là ? me demandai-je.

« On va y aller, proposa Despina.

— C'était un plaisir, fit-il.

— Partagé, répliqua-t-elle. Il est lourd, me dit-elle alors qu'on enjambait la barrière à nouveau. Je me méfie de ces mecs-là.

— Pas lui. C'est le modèle du flic philosophe, non ?

— À propos d'Anne-Marie, faut que je te dise. Fais gaffe à elle, Danilo. Fais gaffe qu'elle ne te dénonce pas. Ici, c'est courant.

— Me dénoncer ?

— Elle est probablement payée par les services turcs. Ne fais pas ces yeux, c'est possible. Ce n'est pas la première. La façon qu'elle a de vendre le pays est suspecte. Sinon par les services turcs elle est sûrement payée par le ministère du tourisme pour promouvoir les régions ».

On traversa la grande route déserte qui longe l'Estuaire de la Corne d'Or. Les autorités ont mis au point un couvre-feu le dimanche, sauf pour les personnes de plus de soixante-cinq ans autorisées à sortir cannes et museaux masqués de 11 à 15 heures. Elles ont envahi les allées le long de la rivière. Ni Despina ni moi ne tombons dans la tranche d'âge visée par le gouvernement.

« On fait pas cinquante, lui dis-je quand elle me proposa, ce matin, de se rencontrer. On risque une amende.

— Je ne fais même pas quarante, rectifia-t-elle.

— Alors ?

— On prend le risque. Je vais me déguiser pour faire vieille. Avec un fichu mité de ma grand-mère.

— Et moi ?

— Tu fais 50.

— Il faut 65.

— Je te prends un fichu aussi. Avec ces trucs-là t'as plus d'âge. Ils ne feront pas d'histoires. Ne t'inquiète pas. Habille-toi genre clochard, ça vieillit.

— Ok ».

On parvint à proximité des bâtiments du patriarcat de Constantinople près desquels Despina habitait. Deux voitures s'arrêtèrent à notre hauteur. Quatre hommes sortirent de la première et entourèrent le deuxième véhicule d'où apparut un très vieux monsieur, grand et courbé, qui portait une coiffe.

« Oh ! » fit Despina qui se signa aussitôt puis baissa la tête.

L'homme répondit par un geste de la main dans notre direction, avança vers le portail, se retourna et renouvela son salut. Despina était immobile. Elle ne parla que lorsqu'il eut totalement disparu.

« Bartholomée ! »

Elle était si émue que je crus qu'elle allait pleurer.

« Le patriarche de Constantinople, dis-je.

— Il est pile à l'heure. Regarde ta montre. Il va être 15h dans cinq minutes. Il respecte à la lettre les consignes des autorités.

— Son Eminence ne va pas se les mettre à dos pour ça.

— Déjà qu'ils le prennent pour la cinquième colonne au service des Grecs. Il ne va pas rajouter l'indiscipline. Après mes sœurs, Danilo, je crois que c'est l'être que j'aime le plus au monde. Allez, on rentre. Je suis morte de fatigue. Les vieux ont plus d'énergie que moi ! »

40

« Que devient Hakan ?

— On ne se voit plus.

— Qu'est-ce qui se passe, les filles ? » reprit Despina que la vue de ses sœurs vautrées sur le canapé en train de fumer des clopes contrariait. Vous êtes fâchés, tous les deux ?

— Pas du tout ».

A-t-on besoin de se fâcher pour ne plus se voir ? L'envie d'écouter l'autre est partie. Je m'en suis rendu compte d'une curieuse façon. Soudain la vérité est tombée, aussi triste et implacable que le couperet d'une guillotine. Nous sommes étrangers l'un à l'autre, ai-je fini par admettre. Je parle à un mur, lequel répond à un autre mur, même les sourds se comprennent mieux. De façon brutale notre différence d'âge s'est immiscée. L'impression confuse d'un mensonge. Et si l'un comme l'autre on perdait notre temps ?

« Il n'a jamais vraiment accepté ma position sur son pays. Je n'ai jamais compris la sienne. Lui aussi, il veut se définir par sa nationalité. Ça ne me convient pas. Je n'y peux rien. Je cherche des gens intemporels, universels, qui ont questionné leur identité en dehors des foutaises de racines et…

— Vous avez fait quoi pendant qu'on était dehors avec Danilo, les filles ?

— On a cuisiné, annonça Petra.

— Et de nationalité. Je me suis soudain senti si seul. Est-ce qu'il ne vaut mieux pas rester seul plutôt que cet état bizarre où les mots que tu prononces résonnent dans le vide et ne reçoivent aucun écho ? Toi-même tu ne comprends pas ce que tu veux dire, l'autre ne saisit rien non plus, ou fait semblant. On s'enferre, on ne se comprend plus, c'est un incroyable gâchis.

— Tu as bien fait d'arrêter les frais. Alors, qu'est-ce qu'on mange, Petra ?

— Des feuilles de vigne farcies et des aubergines frites.

— C'est tout ? »

Le muezzin commença. Eléa se précipita aux fenêtres.

« Merci, ma chérie ».

Pendant le dernier dîner avec Hakan j'ai senti de façon physique la distance entre nous. J'ai tenté de lutter contre elle comme si c'était une maladie, tout est de ma faute, me suis-je dit. J'ai aperçu une autre forme de vie, de conscience qui cherchait à percer, entre les objets que nous touchions, comme une feuille timide sur un arbuste au printemps. Le lendemain, en pleine journée, mon corps a exigé que je m'allonge, j'ai dû dormir plusieurs heures d'affilée pour lui laisser le temps de récupérer. J'ai exposé mon visage au soleil sur le balcon. Et j'ai compris ce que la chaleur me disait. Le caprice, la construction mentale, la peur sont sans objet, le corps n'en veut pas. Les organes profonds sont atteints et demandent réparation.

Je revois la scène. Nous sommes assis à chaque extrémité de la table. Nous parlons dans le vide, nous ne le savons pas.

« Je suis de moins en moins à l'aise à Istanbul, lui dis-je.

— Change de quartier. Va habiter du côté de Şişli.

— C'est mieux ?

— C'est européen, en tout cas. Les gens se parlent. Ils te comprendront. Le quartier où tu vis fonctionne autrement. C'est l'humanité en mode conservateur, ils ne savent pas être autrement. Ils sont à fleur de peau.

— La majorité d'entre eux ne votent pas pour un parti, ils votent pour défendre leur pays menacé. Ils ont réussi à ramener la démocratie à ça.

— Déménage ».

Je hochai la tête.

« Quand je croise le regard d'une voisine, je n'ai même pas le droit en retour à un sourire. Ça finit par peser. Ils te foutent une paix royale, mais ce n'est pas toujours ce qu'on recherche. Je préfèrerais parfois qu'ils me dérangent. Ils ne le font jamais. Je n'ai jamais vu des gens aussi taciturnes.

— La voisine a des consignes strictes. Si elle répondait à ton sourire, ce serait répondre à une avance. Elle penserait trahir son mari.

— Hier je l'ai aperçue du balcon. Elle m'a vu. Fais un sourire, bordel, me suis-je dit. Aucune religion ne l'interdit. Je n'en peux plus. Je ne veux pas aller à Şişli non plus.

— Non ? »

Pourquoi cette conversation m'épuisa-t-elle, pourquoi après elle je ne vis plus Hakan de la même manière ? Je ne saurais le dire. Il me proposait un autre lieu où vivre. Il faisait de la conversation, renvoyait la balle comme si c'était un jeu, tout ça. Pourquoi l'amitié s'enfuit-elle quand les choses deviennent plus graves ? Après, il a parlé de méditation. Chaque matin il s'y colle quand il est seul. À quoi sert-elle si dans l'exercice pratique de l'échange il reste sur la défensive, il écoute l'autre sans l'entendre, sans souhaiter s'engager sur une réponse puissante qui pourrait réellement aider ? Tout le monde est capable d'aider. Il suffit d'avoir un cœur avant même d'avoir un cerveau. Je ne me trompe que dans la mesure où il peut en penser autant à mon sujet. Je ne détiens aucun monopole.

« Donc, voilà, Despina, je ne vois pas l'intérêt de continuer. Il y a beaucoup d'hypocrisie dans tout ça. Ce qu'il pense vraiment de moi je l'ignore.

— Il ne le sait pas lui-même. Ne t'inquiète pas, le monde est vaste. Les filles, faites-nous une viande.

— D'accord ».

Un long coup de sonnette retentit.

« On n'attend personne, qui ça peut être ? Vous avez commandé quelque chose, les filles ?

— J'ai passé commande hier mais la livraison est prévue demain.

— Pour une fois qu'ils sont en avance. Vas-y, ma chérie ».

Eléa se leva et ouvrit la porte d'entrée avant de la refermer vivement en poussant un cri.

« Quoi ?

— Il y a un homme.

— Eh bien, c'est le livreur. Pourquoi lui as-tu refermé la porte au nez ?

— Ce n'est pas le livreur, ma sœur chérie ».

Un nouveau coup de sonnette moins long que le précédent retentit. Despina se décida.

« J'y vais, les filles, vous êtes des peureuses, des sacrées peureuses. Tu pousses le même cri quand tu aperçois une souris dans la cuisine ».

Elle se dirigea vers l'entrée non sans crainte et regarda par le judas. Elle haussa les épaules et ouvrit.

« Ah ! Attendez. Viens, Danilo ! »

J'accourus. Un des gars qui, chaque nuit, nous réveillait avec son tambour, se tenait devant nous, l'instrument à ses pieds. Il souriait de la peur qu'il avait suscitée.

« Pardon de vous déranger.

— Vous voulez des sous, c'est ça ?

— Je passe chaque nuit avec mon tambour », dit-il sobrement.

Au lieu de l'individu dévot et mal embouché que j'imaginais, j'aperçus dans la lumière pâle de la fin de journée un jeune homme aux yeux verts, la mine enjouée. Il aurait pu être infirmier ou étudiant. Ou gigolo. Peut-être était-il tout ça à la fois. « Je suis étrangère, mentit Despina en forçant sur l'accent. Désolée. Ça ne nous concerne pas.

— *Tamam*, fit-il. D'accord ».

Il prit son tambour et fit demi-tour.

« On aurait pu lui donner quelque chose, dis-je gêné. Il fait ça chaque nuit. C'est un job, quoi.

— Justement. Qu'il m'apporte des pizzas ou des lahmacun et je lui donnerai un bon pourboire. Mais le payer pour me réveiller en plein milieu de la nuit, jamais ! »

Elle n'avait pas tort, même si au vu de sa belle gueule je n'aurais pas hésité à lui filer un billet.

41

Sinan habitait Draman, à quelques centaines de mètres de chez moi, dans une de ces rues qui descendent à pic depuis la Porte d'Edirne, bordées d'immeubles à trois étages construits dans les années 70 et 80. Les maisons en bois d'antan ont presque toutes disparu. L'urbanisation fait oublier le paradis que le lieu a été au temps où les figuiers embaumaient les versants des collines. Les rues étroites laissent passer peu de lumière. Les matériaux bétonnés ont accueilli une population anatolienne qui s'est installée en lieu et place des Grecs, Arméniens et Juifs de jadis, partis sans laisser d'adresse.

À quoi ressemblerait Sinan, me demandai-je en cherchant sa rue. Le choix est simple, ou pas tant que ça ? Hérédité mongole ? Probablement pas. Ascendance balkanique ? Pas davantage. Rudesse anatolienne ? Malice levantine ? Tous les clichés se bousculaient dans ma tête. Des idées curieuses me venaient à l'esprit en même temps que je pensais à lui. Istanbul aura-t-elle le dernier mot avec moi ? Qui va soumettre l'autre ? La deuxième Ville éternelle séduit à la façon d'une courtisane, ou d'une pute outrageusement maquillée. Elle fait un signe de l'index pour qu'on s'approche. Une fois qu'elle vous a attrapé et soumis, elle détourne les yeux. Vous ne l'intéressez plus. Dégage, elle murmure. J'ai été réduit en esclavage par la Ville jusqu'à ce que je commence à résister. Les cités anciennes ont oublié la modestie. Même si en vieillissant le mysticisme s'éloigne de moi, je m'interroge : qu'est-ce que tous ces siècles de présence humaine depuis son fondateur mythique Byzas ont laissé dans l'atmosphère d'Istanbul, sur les pierres et les arbres ?

Presque rien, en fait. L'effacement de l'Histoire est frappant dans les arrangements des vivants avec le passé, comme si les habitants actuels supportaient mal la cohabitation avec les légendes et les déchirures.

« Ravi de faire ta connaissance, Sinan. Merve m'a beaucoup parlé de toi.

— Entre. C'est une amie de longue date », fit-il en me laissant passer.

La première chose qui me frappa, dès qu'il ouvrit la porte, c'est son absence totale de charme, et curieusement cela n'eut aucun effet négatif sur moi. On en fait des tonnes sur la séduction. La litote voudrait que je dise qu'il n'était pas très beau. Je reprends donc l'expression en ajoutant qu'il était même moche. Il ne faisait aucun effort pour ne pas l'être. On donne le change avec le maquillage, le soin, l'habit. Pas lui. Son physique ne semblait pas le torturer. Il est moche, me dis-je en entrant dans son salon. Ça me surprend un peu, mais après tout pourquoi devrais-je m'attendre à ce qu'il soit beau ?

« Merve t'adore. Je ne connais pas très bien Murat mais lui aussi il a dit quelques mots sur toi.

— Il me connaît bien. Disons, il connaît celui que je suis depuis que je vis à Istanbul. Il ne connaît pas celui que j'ai été dans ma vie précédente, c'est-à-dire quand j'habitais la France. – Et je pensais : ni celui que je serai demain, quand j'aurai quitté ces lieux.

— Le pays où je rêve de vivre.

— Sérieux ? »

C'est toujours une surprise pour moi d'entendre l'expression d'un tel rêve, alors que j'ai sans doute pensé la même chose à propos de la ville où je vis maintenant. Sachant à quel point je n'ai pas réussi à m'intégrer, je regarde avec inquiétude ceux qui louchent vers un autre pays, comme si j'étais sûr qu'ils faisaient fausse route. Celui qui se trompe c'est moi. Des milliers, des millions de migrations se passent bien. Mon cas ne saurait représenter la norme. Anne-Marie Prigent, avec qui je suis sans doute définitivement fâché depuis que je l'ai traitée de collabo, a réussi sa mutation de migrante volontaire. Elle s'affirme haut et fort Turque. Cela veut-il dire qu'elle l'est vraiment quand elle est sur le point de s'endormir ? Elle seule saurait le dire. Attendons une réconciliation, si elle se produit, au prochain 14 juillet. Elle ne loupe pas le raout organisé par le consulat à la fois pour raffermir ses liens avec la communauté française et pour s'empiffrer des fromages et des charcuteries que le Palais de France à Istanbul commande à des producteurs des régions de l'Hexagone. Je l'ai vue avaler des quantités de produits du terroir français. Comment peut-elle encore oser se dire Turque quand on sait combien, sur la question des fromages et des charcuteries, les deux pays prennent leur distance l'un de l'autre, presque autant que leurs divergences sur les affaires du monde ? Il n'y a pas de compromis possible. Le génie des terroirs turc et français éloigne les deux pays l'un de l'autre. À peine, une entente cordiale. Il manque entre eux la plus élémentaire affinité.

L'appartement de Sinan n'était pas à son image. Couvert d'antiquités de style baroque, envahi de bibelots et de toiles peintes aux formes abstraites et couleurs vives.

« C'est toi qui peins ?

— Tu as deviné. Je n'ai pas les moyens de me payer des tableaux.

— On en parle ?

— Non. Ça n'a pas d'intérêt. Je ne fais pas ça de façon sérieuse, disons, moitié.

— Ça se voit un peu dans ce que tu peins. Tu habites le quartier depuis longtemps ?

—J'y suis né ».

Il s'éclipsa pour préparer dans la cuisine une collation. Je m'attendis à un thé. Il revint avec une boisson que j'avais déjà bue dans le sud-est de la Turquie, en pays kurde, une spécialité iranienne au basilic qu'on appelle *reyhan şerbeti*.

« Délicieux, Sinan, merci. Qu'est-ce que tu fais comme travail ? Tu fais pas tambour ?

— J'aimerais vivre de mes tableaux un jour... Je travaille au Grand Bazar ».

Sa conversion au christianisme m'intéressait, pas autant que sa peinture.

« Tu ne veux plus vivre parmi nous, si j'ai bien compris ? » dit-il en souriant.

L'apparition de ses dents jaunies par la cigarette ne le rendait pas plus beau. Je m'habituai à son visage disgracieux au point d'en oublier les critères de beauté auxquels allez, j'étais loin d'être insensible. Hakan avait un visage ovale aux traits réguliers d'où se dégageait la même douceur qu'il y avait dans sa voix. Les yeux bleus, la chevelure noire, association chérie par les exégètes de la beauté, le plaçaient haut dans l'échelle esthétique. Le plaisir visuel a-t-il de l'importance ? Il n'a pu empêcher la mésentente de s'installer entre nous.

L'apparence physique... La tyrannie de la pensée commune, ses critères absolutistes, nous enveloppe et nous enferme. Je ne pus m'empêcher de me demander si la mocheté de Sinan le prédisposait à rendre notre relation meilleure. Des idées faibles nous traversent parfois l'esprit, tant pis. Je me souvins d'une énième contrariété à l'occasion d'une conversation que j'avais eue avec Prigent. Du même calibre que l'importance accordée à la beauté physique. Son goût pour les lieux communs, les idées rabâchées n'a rien de nouveau. Sauf qu'au poste qu'elle occupe il n'est pas sans conséquences sur ses lecteurs. Est-ce un effet de mes pulsions caractérielles, mon intransigeance, une fois de plus, ne le supporta pas.

Alors qu'une de ses amies racontait un truc gentillet sur les chants d'oiseaux qu'elle entendait dès l'aube, Anne-Marie jugea le moment opportun de déposer sa petite crotte de commentaire et ajouta : « La journée appartient à ceux qui se lèvent tôt ».

Il m'en faut peu, je veux bien le reconnaître. Ça me mit dans une colère noire. Les oiseaux, dans l'évolution des espèces, ont-ils gagné grand-chose à chanter aussi tôt ? Je m'interrogeai sur la sorte de plaisir imbécile qu'elle pouvait prendre à écrire des propos aussi creux. Je lui répondis aussi sec : « Et ceux qui se lèvent tard ? Pourquoi la journée ne leur appartiendrait-elle pas aussi ? »

Elle le prit mal et me téléphona pour se plaindre. J'étais un caractériel mal baisé qui l'empêchait de vivre et de penser sur les réseaux sociaux. Je ne lui répondis rien et raccrochai.

À l'aide de cette histoire, je m'interrogeai sur son cas. Elle fait partie des gens dont l'agenda, la mission secrète est d'abêtir le plus possible autour d'elle. A quelles fins ? Le narcissisme. On le retrouve dans un nombre incroyable de situations et de crimes. Par un vaste jeu de miroirs communicants, plaçant l'hypocrisie au cœur de ses priorités morales, elle utilise les lieux communs, les proverbes faciles et la bêtise courante pour asservir l'autre en se grandissant à ses propres yeux tant qu'elle n'est dénoncée par personne. Elle n'est pas dupe un seul instant de ses propres déclaratifs qu'elle appauvrit en les utilisant sous n'importe quel prétexte. Elle se sert d'eux en croyant en stoïcienne que le monde tournera mieux. Se lever tôt ne préfigure de rien, disons-le une bonne fois. Et oublions les marchandages de la pensée.

« Ce n'est pas que je ne veux plus vivre avec vous. C'est vous qui ne voulez pas. Je suis, je resterai un étranger. Ça ne me convient pas d'être renvoyé à ce statut. Je partirai. Quand ? Cela reste à déterminer. Dès qu'on m'aidera.

— De quelle aide as-tu besoin ?

— Je ne compte pas sur les gens d'ici pour m'aider, surtout quand ils sauront que je veux les fuir.

— Qui, alors ?

— Je ne sais pas. Une aide spirituelle ne serait pas de refus.

— N'y compte pas trop non plus.

— Les étrangers ne sont pas aidés ici. On les tolère, oui. On aime leur argent, quand ils en ont, c'est à peu près tout. Tout passe par la nationalité. Renvoyer les gens à un statut d'étranger c'est les isoler une deuxième fois.

— Tu sais bien qu'avec notre histoire on n'a pas vraiment eu le choix.

— La simple distinction citoyens / étrangers est une calamité. Il faut s'en débarrasser. Elle est vieille comme le monde, mais les bonnes volontés du présent tentent de la rajeunir, de l'adapter. Certains pays en rajoutent parce qu'ils craignent de disparaître. Ou pire, ils sont tellement fiers d'eux-mêmes, tellement narcissiques qu'ils prennent plaisir à renforcer les avantages et les droits des uns contre ceux des autres. C'est le cas de ce pays.

— Je suis désolé d'apprendre ça », dit-il, décontenancé.

Il semblait sincère. J'avais fait l'expérience de ce traitement à deux vitesses pas plus tard qu'en début de semaine, à l'occasion de la distribution annoncée d'un masque quotidien à chaque personne vivant dans le pays. Le gouvernement s'était vanté de sa générosité.

« Je te dis qu'ils n'en fileront pas aux résidents étrangers, même ceux qui ont une carte de séjour. C'est le gène de la ségrégation qui les...

— Mais non, répliqua Murat à qui j'avais demandé son avis. Tout le monde en recevra, tu verras. Tu brosses un tableau qui frôle la calomnie.

— Pour moi c'est un test. Je peux m'offrir tous les masques que je veux. Ce n'est pas la question. Je veux savoir s'ils me traitent comme l'un des leurs ou pas ».

J'entrepris toutes les démarches requises. On m'assura que je les recevrais. Je vis tous mes voisins les obtenir, sauf moi. Ils n'ont jamais été livrés.

« Ça va trop loin, dis-je à Sinan en lui racontant l'histoire. Même en crise sanitaire ils continuent la discrimination. À ce stade c'est du vice. L'administration pilotée par le pouvoir islamo-conservateur hait les étrangers qui lui rappellent que le monde ne tourne pas exclusivement autour d'elle ».

42

« J'aimerais faire du cinéma, me dit-il. Tu crois que j'ai le physique ?

— Pourquoi pas ! Faut pas écouter ceux qui racontent que le cinéma consiste à engager de jolies femmes ou de jolis hommes pour leur faire jouer des trucs qui, la plupart du temps, ne leur ressemblent pas. Ou rarement.

— Je ne suis pas joli.

— Tu n'aurais pas tout de suite les premiers rôles, mais des rôles secondaires, oui ».

Il fit une moue dubitative.

« Personne ne me prendra. C'est un métier où l'on est choisi.

— Et cette conversion, c'est sérieux ? » embrayai-je un peu brutalement.

Il fronça les sourcils, se leva et marcha jusqu'à la fenêtre.

« Bien sûr.

— Tu dis ça et ton visage dit autre chose.

— Il dit la même chose.

— Qu'est-ce qui t'a obligé ?

— Obligé ?

— Comme moi, quand j'ai pris la décision de m'installer ici. Et maintenant, je le regrette amèrement.

— Je ne regretterai jamais ma conversion ».

Ma comparaison n'était pas valable.

« Est-ce qu'il s'agit d'un acte de rébellion ?

— J'ai des amis qui se sont convertis pour d'autres raisons.

— La foi ?

— Oui.

— Et toi ?

— Pareil. Besoin de retrouver les origines qu'on m'a cachées ».
Son désir de cinéma me mit en joie. Ça allait avec la conversion. Changer de vie. Chercher à se libérer des chaînes. S'en
donner de nouvelles ? Il me ressemblait. Moi aussi je m'étais
converti. Mon objet n'avait pas été une religion, mais un pays.
La fameuse foi avait tout fait capoter. Elle constituait l'archi-
tecture principale de l'État. Elle entretenait les mensonges et
l'hypocrisie sociale auxquels les citoyens étaient contraints. Je
ne voulais pas que ma vie soit impactée par elle.
« En somme, tu veux faire demi-tour.
— En ce moment j'exècre de vivre ici.
— Pourquoi ?
— J'en ai marre. J'ai peur.
— De quoi ?
— Ce sont des guerriers.
— C'est pas ton problème.
— Je le ressens comme ça. Ils font de moi un radical.
— Et ton appartement, tu me le montres ?
— Tu veux ?
— Oui ».
Le sorbet au basilic avalé, on partit. Sur le chemin j'aperçus le
cher *domatesçi*. Le marchand de tomates était occupé avec ses
clientes, il ne fit pas attention à moi. Son frère était-il vivant ou
mort ? Je voulais le savoir. Pure curiosité de ma part. Aucune
empathie. Je me retournai, hésitai. Il leva son menton. C'était
mon tour. Je voulais des patates ou des oignons ? Je lui deman-
dai des nouvelles.
« Il est rentré à la maison », fit-il en détournant son regard.
Le sujet était clos, la page tournée, l'inimitié entre nous aussi
vive.

Sinan inspecta mon appartement comme s'il avait l'intention de l'acheter. Ah si seulement. Le lui filer pour m'en débarrasser plus vite. Et du pays avec. À condition que ça ne coûte rien à ma santé mentale. C'est elle que je dois surveiller. Les êtres, les choses aimées, les souvenirs sont gravés. Peut-être le temps est-il venu d'avancer vers un nouvel Istanbul ? On vise parfois des lieux trop compliqués, tellement chargés. On en oublie le reste, le vaste monde. C'est vers lui que je dois retourner. Pas une ville tordue dont l'histoire rappelle un peu trop la mienne. Elle ne sait pas où elle va.

« Magnifique, conclut-il sèchement.

— Merci. Qu'est-ce que j'en fais ? Je le mets dans une valise et je pars ? J'ouvre la valise et je jette tout dans la mer ?

— Tu prends ton courage à deux mains et tu te bats.

— Je me bats ? Comme si j'étais atteint d'un cancer ? »

Sinan alluma une cigarette.

« Tu remets les choses en perspective. Tu demandes de l'aide.

— À qui ?

— À moi, par exemple ».

À lui ? Dans quelle intention ? Troquer ma dépression latente contre une forme de stabilité bon marché, garantie comme un placement bancaire dans un pays en faillite ? Le deal fonctionne. Qu'est-ce qu'il attend de moi ? Baiser, discuter, exprimer ses points de vue, et pendant ce temps, le cerveau malade ou fatigué prend du repos. Il se maintient, protégé de toute exagération. Il se venge de cet état en n'offrant aucune issue sur le long terme. Donnant donnant. Je t'aide à passer du bon temps sans pouvoir t'apporter les changements profonds que tu attends. Ne nous plaignons pas. Les ongles cassants se renforcent peu à peu.

Il resta dormir cette nuit-là, et les suivantes.

« Tout est arrivé à cause de Murat, lui dis-je un matin, en buvant un thé noir. C'est à cause de lui. Il a tout fait pour que j'achète ici à Edirnekapı. Il savait, ou aurait dû savoir, que ce n'était pas un quartier pour quelqu'un comme moi.

— Comment aurait-il pu savoir ?

— Tu connais des étrangers qui vivent ici ?

— Tu es le seul.

— Il l'a fait exprès. Il était persuadé que n'ayant pas d'enfant, je lui filerais l'appartement par donation. À l'origine je voulais Balat ou Fener où habite Despina. Il a récusé toutes les maisons que je lui ai montrées sous divers prétextes. Actes de propriété bidon, travaux contestés par la mairie. Il a considéré que Fener n'était pas un quartier assez turc pour lui. Il est né de l'autre côté de Fatih. La purification ethnique a donné de très bons résultats là-bas. Edirnekapı aussi. Ça correspond à sa famille, à ses gènes de merde.

— Tu ne l'aimes pas à ce point ?

— Non, je l'aime bien. Il est faux-cul mais qui ne l'est pas ? Je n'aime pas le manipulateur en lui, la victime de sa propre culture. Il respecte à la lettre les consignes d'Atatürk. Il disait quoi à ses concitoyens, le grand homme ? Je connais le passage par cœur. Ce pays vous appartient, à vous les Turcs. Cette patrie a été turque dans l'histoire, elle est turque et restera turque à tout jamais. Elle est revenue entre les mains de ses véritables propriétaires.

— Propos de dictateur.

— En Turquie, être un dictateur est une chose banale, à peine gênante. C'est une sorte de norme. Ça ne suscite pas une

énorme opposition. On est dictateur pour masquer l'illégiti-
mité. Sans quoi, je ne vois pas où serait la raison.

— Quel rapport avec Murat ?

— Repris par des imbéciles, ça revient à leur dire : tout est à
vous. Servez-vous. On va vous aider. Et les non-Turcs se sont
vus imposés par l'État des sommes faramineuses, sans raison
autre que le fait qu'ils étaient Juifs, par exemple.

— Quel rapport avec Murat ?

— Tout ce que je possède dans le pays doit revenir gratuite-
ment à un Turc. Ce sera lui, pense-t-il. Eh bien, c'est ce que je
vais empêcher. Il n'aura rien.

— Merve est au courant de tout ça ?

— Évidemment, non. Je compte sur toi.

— Tu peux. Si c'est vrai, c'est machiavélique.

— Pourquoi se gênerait-il ? Son grand chef a recommandé de
turquifier tout ce qu'on pouvait. C'est devenu un mode de
fonctionnement. Ses descendants continuent le boulot ».

J'en avais dit pas mal d'un seul coup, non ? J'apprends à m'arrêter à temps, enfin presque. J'en dis encore trop. Ça ne sert
rien. On n'est pas cru. Plus on insiste moins on est cru.

Quelques jours plus tard, Murat me téléphona. Il me raconta
une drôle d'histoire. Un fonctionnaire du ministère de l'Intérieur l'avait contacté à mon sujet. Grâce aux différents tam-
pons sur mon passeport ils avaient remonté le calendrier de
mes séjours en Turquie jusqu'à lui. De quelle façon ? Je n'en ai
pas la moindre idée. Quelqu'un a dû les renseigner. J'ai croisé
pas mal de gens pendant mes séjours. Dans les temps heureux
où je n'étais que visiteur de passage dans ce pays, j'ai résidé la
plupart du temps chez lui.

« J'ai été surpris que ce type m'appelle.

— Si c'est le même, je le connais.

— Qu'est-ce qu'ils te reprochent ?

— Je ne sais pas. Je me suis exprimé publiquement sur différents sujets et…

— Publiquement ?

— J'ai été écouté.

— Ce n'était pas public alors ?

— Non. Qu'est-ce que tu lui as dit ?

— On peut se voir ? »

43

Sans méfiance ni inquiétude j'acceptai de rencontrer Murat. Je commence à les connaître, ces lascars dont la mission est de traquer les opposants. Les Ahmet et compagnie. Ils me font de moins en moins peur. On s'habitue à l'oppression qu'ils font peser. Je ne croupirai pas en prison. Je n'ai pas l'intention d'entreprendre la moindre grève de la faim. Une telle démarche impliquerait que je me sente concerné par tout ce qui se passe ici. Ce n'est pas le cas. Les mensonges d'état, l'obsession de redevenir au premier plan des nations, tout ce cirque m'inspire surtout de la pitié. Le pays me fait de la peine. Au dernier palmarès de la liberté d'expression il trône à la 154ème place. Il est l'un des mieux placés quant au nombre de journalistes détenus. Le Président vous dirait qu'il s'agit d'une réussite incontestable. Pour la presse bien-pensante, fidèle au pouvoir, tous ces traîtres à la nation, esprits retors, mal embouchés, sont des déviants, ils racontent des histoires, ils mentent sans vergogne. Ils parlent de génocide quand il s'agit, comme l'a répété le Président à vie, d'une tragédie qui a fait des victimes des deux côtés. La grande, la vraie presse est patriote. Elle n'existe que pour soutenir le gouvernement dans sa lourde tâche d'éduquer le peuple à résister aux mensonges des ennemis de la nation turque. Encore heureux qu'il nous reste les collabos du régime, alliés objectifs choisis dans les rangs même d'étrangers naturalisés qui font le boulot de police des idées par leur propagande effective.

« Comment vas-tu, Murat ? »

Je l'avais rejoint près de la tour de Galata, dernier vestige datant du quatorzième siècle construit par les mercantiles Génois avec l'autorisation de l'empereur de Byzance. Mon ex-proprio connaissait un troquet dont l'arrière-salle était ouverte. Les autorités fermaient les yeux comme si un accord avait été conclu avec la mafia locale de Beyoğlu pour laisser couler le thé et le coca à flots. Seules les atteintes à la sureté publique importaient. Un manquement au règlement sanitaire ne mettait pas en péril le pays comme tous ces activistes financés depuis l'étranger. Tout autour de Galata, terrasses et restaurants étaient fermés au public.

« Ça ira mieux quand on pourra se marier…

— Désolé du retard pour ton mariage.

— J'ai reçu, hier, la visite d'un fonctionnaire de police à ton sujet.

— Toujours les propos que j'ai tenus au téléphone avec le patron de la compagnie aérienne ? Jusqu'à quand vont-ils m'en tenir rigueur ? Ils ne veulent pas comprendre que…

— Ça n'a rien à voir, Danilo. Je ne suis pas au courant de cette histoire. Il n'en a pas parlé.

— Autre chose ? »

Il développa. Je n'en crus pas mes oreilles !

Voilà une semaine, m'apprit-il, vendredi pour être précis, à quelques jours de la fin du Ramadan, dans le quartier européen de Beşiktaş, une affaire des plus insolites avait enflammé la population au moment où le muezzin appelait les fidèles à la prière. Alors que les hauts parleurs de plusieurs minarets à la ronde diffusaient le *Venez à la félicité, la prière est meilleure que le sommeil*, les notes de la chanson italienne *Bella Ciao* retentirent dans le ciel d'Istanbul. De Fatih où nos propres muezzins avaient fort à faire, je n'entendis rien. Dans une extraordinaire cacophonie les paroles de l'hymne révolutionnaire se mêlèrent à l'appel religieux. Murat avait repéré le lien sur internet et me fit écouter le sacrilège. J'entendis une partie de la chanson. *Questa matina mi sono alzato, o bella ciao, bella ciao, bella ciao, ciao, ciao...*

« Quelle merveille ! m'écriai-je. Ils ont fait ça ? C'est extraordinaire. Quel bonheur ! »

J'étais à court de mots pour exprimer ma joie. Enfin une révolte ! Et pas individuelle comme une conversion à la con (pardon, Sinan) dont l'État n'a que faire. Murat expliqua que le porte-parole d'une des mosquées avait dénoncé les « chiens infidèles » qui avaient commis cet acte répugnant. Le Président avait promis, le soir même, que les auteurs seraient châtiés.

« Mais en quoi cela me concerne-t-il, cher Murat ?

— Ils ont ouvert une enquête le soir même. Gros moyens. La presse est sur les dents. Ils veulent trouver les coupables. Ils vont ratisser le plus large possible, comme ils l'ont fait, toute proportion gardée, avec la tentative de coup d'état.

— En quoi ça me concerne ? Je n'ai pas participé au putsch non plus, je te signale.

— Je sais. C'est juste pour t'expliquer qu'ils sont très mobilisés.

— Un policier s'est déplacé jusque chez toi ?

— Oui. Il voulait savoir comment je t'avais connu, ce que je pensais de toi, comment je voyais ta présence en Turquie, comment tu te comportais quand tu habitais chez moi, tes fréquentations, etc. Ils recherchent activement ceux qui ont organisé le sabotage à Beşiktaş. Il est persuadé que tu y as participé.

— Moi ?

— Directement ou indirectement. Je te conseille de te méfier comme jamais. Ne parle à personne, fais très attention, ils vont poursuivre les recherches et te suivre.

— Ils le font depuis deux mois.

— Je voulais te prévenir.

— Ils n'ont pas le début d'une preuve.

— Ils n'en ont pas besoin. C'est plutôt le fait que tu sois Français qui les freine. Sans quoi, ils t'auraient déjà arrêté. Avec les étrangers ils savent que c'est compliqué. Les ambassades s'en mêlent, certaines organisations. La presse étrangère se mobilise. Ils préfèrent éviter.

— Ils préfèrent s'acharner sur leurs propres citoyens que personne ne peut défendre, ou plus difficilement depuis l'étranger.

— Je ne sais pas », fit-il prudemment.

Dans mes plus grands délires paranoïaques je n'aurais jamais pu imaginer pareil scénario. Me retrouver suspecté d'avoir participé au sabotage de l'appareil de diffusion de plusieurs mosquées d'Istanbul ? À quel titre m'accordait-on pareil privilège ? Pour avoir, un jour d'énervement, tapé un peu fort sur un opérateur téléphonique à propos d'un billet d'avion non remboursé. Et quelques autres dérapages sans aucune conséquence pour la sûreté de l'état. Une telle action comme celle de Beşiktaş, je peux le dire, m'aurait rendu fier. À plus d'un égard j'en admirais les auteurs. Sans doute s'agissait-il de braves jeunes gens, artistes ou étudiants, fauchés ou soutenus depuis l'étranger, fatigués d'entendre cinq fois par jour la même litanie chantée sans grâce ni talent en y ajoutant le son du tambour en pleine nuit pendant tout un mois. L'entreprise des faussaires avait quelque chose de fantastique. Son panache m'impressionna. Ils avaient pris d'énormes risques. Il y avait comme un air de gay pride. À l'instar de tous ces rassemblements qu'ils interdisaient au nom de la majorité religieuse qui prétendument les désapprouvait.

Je ne suis pas un radical, je l'affirme. Mais aussi curieux qu'il puisse le paraître, je me sentis le devenir. Le coup de force contre les autorités était un hymne à la liberté, à la joie de vivre de tous. Les contraintes imposées par un État qui confondait dogmes religieux et conduite des affaires du monde pour imposer sa loi ne le rendaient pas plus prospère. L'absurdie était le nom du pays où je vivais. Si j'avais été un des auteurs du sabotage, il m'aurait rendu fier.

Je n'y étais pour rien, ni de près ni de loin. Même si on avait voulu m'embarquer dans l'affaire, je n'aurais pas donné mon accord. Je connaissais les risques. Immenses ! Sans être un collabo, on n'a pas tous le courage et le mental d'un activiste. Au fur et à mesure que Murat expliquait, je fus convaincu du caractère exclusivement turc du sabotage. Parmi les auteurs j'étais prêt à parier qu'aucun étranger ne figurait. La société turque libérale, puissante et organisée, n'avait besoin d'aucune aide venue de l'extérieur. Elle avait l'habitude de se battre avant de se résigner. Ses valeurs étaient celles de l'Europe, laquelle n'aurait jamais pris le risque de mettre en danger son alliée. La thèse du complot ourdi à l'étranger n'allait pas tarder à surgir dans la presse gouvernementale. La désignation d'un coupable tout trouvé servirait, comme d'habitude, la propagande.

« Ça couve, dis-je. C'est une bonne nouvelle.

— Une chose, Danilo. Ne te manifeste pas sur les réseaux autour de cette histoire. Ils exploitent toutes les pistes. Une femme vient d'être arrêtée pour avoir applaudi au sabotage.

— Ne t'en fais pas. Je vais faire comme tous mes compatriotes à Istanbul. Ils ne pipent jamais un mot dès qu'ils sentent que ça chauffe. Ils ont une trouille bleue.

— Prends exemple sur eux », fit Murat en me regardant avec émotion, comme s'il avait peur qu'il m'arrive quelque chose.

Je me suis peut-être trompé à propos de Murat. Peut-être, après tout, n'a-t-il jamais voulu accaparer mes biens. Il n'a jamais prononcé la moindre phrase dans ce sens. Pourtant, je le soupçonne. Un ton, parfois, un regard, des silences. Deviner, avoir l'intuition fait partie de ces droits curieux que l'on s'octroie. Je ne change pas d'avis mais j'émets un doute.

Que je finisse en prison ou chassé du pays n'arrangerait pas non plus ses affaires. Qui croire ? Moi, aujourd'hui, ou moi, hier ?

Pour la seconde fois en quelques mois je fus saisi de peur. Murat avait pris la peine, et le risque, de me prévenir. La situation était grave. Je tentai de relativiser.

Au lieu de monter sur leurs grands chevaux en dénonçant un soi-disant scandale, les autorités auraient mieux fait d'en profiter pour réfléchir. La caractéristique d'une dictature n'est-elle pas de voir un ennemi partout ? Sans ennemi elle s'étiole, elle perd sa force. Y avait-il une once d'insulte à la religion dans le sabotage ? Seul le gouvernement, le pouvoir était visé. La foi ne détestait pas le chant. Les hauts parleurs avaient diffusé une musique destinée à mobiliser les foules dans la longue marche vers le bonheur et la fraternité. Il m'apparut que tout être religieux et pieux ne pouvait, dans la transmission décalée de *Bella Ciao*, voir autre chose qu'un clin d'œil à la vie, comme Sinatra chantant *Strangers in the night* dans un registre plus pacifique.

« Qu'est-ce que tu lui as dit à propos de moi ?

— Tu es un gars tranquille, tu te couches tôt, tu te lèves tôt, sans histoire. Tu ne fréquentes aucun milieu glauque. J'ai essayé de le rassurer. Il a consulté ses fiches et...

— Et ?

— Il a dit que ça ne correspondait pas à ton signalement ».

Mon signalement ? Reconnaître que je me suis retrouvé dans la description de Murat ne serait pas exact. Un gars tranquille, si on veut. Les heures de coucher et de réveil, franchement, ça ne prouve rien du tout.

« Merci, Murat. Je ne crains rien. Ils perdent leur temps avec moi.

— Je le pense aussi », ajouta-t-il.

44

Sinan vint nous rejoindre. Inutile qu'il sache que la police me suspectait. Cela ne m'avait pas réussi avec Hakan. Les deux se saluèrent avec chaleur. Le vendeur de kebab à côté du troquet était ouvert. On s'installa à une table reculée.

« Tu n'as jamais songé à prendre la nationalité turque ? me demanda Murat.

— Pourquoi me pose-t-on si souvent la question ? Quelqu'un encore récemment, j'ai oublié qui.

— Et alors ?

— J'y ai songé. Pour faciliter la vie quotidienne. Voire, développer un sentiment d'appartenance. Mon caractère rebelle en a décidé autrement. Impossible.

— Pourquoi ?

— Même si je devenais Turc je resterais un citoyen de seconde zone.

— Ça reste à prouver. Comment peux-tu être sûr ?

— En observant autour de moi. Ça ne se prouve pas, c'est comme ça, je le sens. Je suis en porte-à-faux partout où je mets les pieds, même quand tout va bien.

— Ça pourrait changer.

— Je ne peux pas imaginer ce qui se passerait si je prenais une telle décision.

— De très bonnes choses.

— Je m'adapterais. Mais à quoi bon ? Je suis un migrant.

— Un migrant ?

— Un migrant de luxe, si tu veux. Pas un de ceux qui sont parqués dans des camps pour réfugiés. Ma stabilité est dans le voyage. Prendre une nouvelle nationalité m'attacherait à des valeurs inutiles. Ce serait un nouveau mensonge. Qui impliquerait, accessoirement, des gens qui m'auraient fait confiance. Je vais rester un *yabancı*, un bon vieux *yabancı*, tant que je vivrai ici. S'intégrer à une seule nation est déjà une charge lourde. Alors, deux… Si je le pouvais, je n'hésiterais pas. Je ne peux pas. C'est même incroyable que j'ai pu y songer !

— Tu voulais peut-être aplanir les difficultés que tu rencontres, ne pas leur accorder d'importance, reprit Sinan.

— Exact, ami, exact. J'ai voulu croire que j'étais comme les autres. C'est une erreur. Je porte une déchirure qui n'est pas guérissable. Je dois marcher de l'avant, avancer d'un pays à l'autre, les tester tous sans m'arrêter nulle part trop longtemps. Je me suis arrêté ici trop longtemps, seulement pour me rendre compte que c'était un pays jeune, récent, sans expérience. D'où l'obligation de réduire au silence les opposants. Une nation qui se cherche, instable, mal dans sa peau, narcissique, pas sûre de s'aimer dans tous ses composants.

— On dirait que tu parles de toi, coupa sèchement Murat.

— Peut-être. Et alors ? Je n'en fais pas mystère. Un kebab sans frites, merci, dis-je au serveur qui était planté devant nous en attendant la commande. Je n'en fais pas mystère. Moi aussi, je me cherche. Je ne me suis pas trouvé ici.

— Qu'est-ce que tu en sais ?

— Qui d'autre peut le savoir ? J'ai cessé de découvrir. Je répète : je suis un migrant.

— De luxe, tu as dit.

— Un luxe partagé par beaucoup. Je n'ai aucun privilège et n'en ai jamais eu, ni par la naissance ni par rien. Rien n'a été facile. Je ne m'en plains pas, au contraire. C'est une chance de ne pas être un privilégié. J'ai organisé ma vie dans une certaine direction. J'ai fait des choix. J'ai suivi ma route ».

Mon bréviaire récité, j'attendis que le kebab arrive. Il ne fallut pas patienter longtemps. Je changeai d'avis à propos des frites et en commandai au serveur qui les ajouta à pleines mains dans le pain. Après avoir déposé les sandwiches il retourna au comptoir et farfouilla dans son ordinateur. Quelques secondes plus tard, une musique retentit. Les premières notes de *Strangers in the night*. L'inénarrable Sinatra, encore lui. Ces étrangers-là étaient peut-être les mêmes que ceux qui passaient d'un pays à l'autre, les migrants dont parlaient les journaux.

« Ils auraient dû régaler les auditeurs avec Frankie plutôt que *Bella Ciao*, dit Murat en souriant.

— L'impact n'aurait pas été le même. Ça tape moins.

— Je crois que j'aurais préféré, continua-t-il. C'est une belle chanson, *değil mi*, n'est-ce pas ?

— Ah l'histoire de Beşiktaş, reprit Sinan avec un temps de retard.

— Tu étais au courant ?

— Tu m'en as parlé ! » réagit-il.

Murat blêmit.

« Tu m'as dit que tu n'étais pas au courant, Danilo.

— Si, avouai-je. C'était dans tous les journaux. Quand tu m'en as parlé, je n'ai pas fait le rapprochement de suite.

— Tu mens », fit-il en posant son sandwich dans l'assiette.

— Je t'assure, je n'ai pas fait le rapprochement entre l'histoire dont j'avais entendu parler et...

— Tu as dit plusieurs fois que tu n'en revenais pas ».

Sinan fronça les sourcils. Murat perdait patience. Je repris sur la question de la naturalisation qui me préoccupait, en me demandant ce qui l'autorisait à me traiter de menteur.

« On ne s'intègre jamais. On reste un étranger, même si on vous donne un bout de papier stipulant que vous avez une nouvelle nationalité.

— Et ton amie Anne-Marie ?

—Anne-Marie ? Ah ! Elle est Turque de profession, comme on disait sous l'Empire ottoman. Tous ces gens qui faisaient semblant pour obtenir des faveurs. Ils se convertissaient à l'islam par intérêt. Pareil pour la nationalité.

— C'est une histoire d'amour, qui sait.

— Peut-être. Vaudrait mieux. Tomber amoureux d'un pays, je n'y crois pas.

— Pas mauvais, ce kebab, fit Murat.

— En même temps je la comprends d'avoir demandé la nationalité. L'étroitesse d'esprit de certains pays est telle ! C'est la seule solution. On peut crever comme *yabancı*. Si on ne franchit pas le pas, on reste au bord de la route.

— Tu vas la demander ? reprit Sinan qui tentait de suivre ma logique.

— Pas pour moi. Je suis à part. Je ne verrais pas la différence. Je resterais marginalisé. Elle, au contraire, frétille de son petit cul d'avoir osé changer son parcours depuis la Bretagne jusqu'à la Turquie. À certains il en faut peu ».

45

Murat nous quitta après avoir avalé la moitié de son kebab. Le serveur ramassa l'autre moitié pendant qu'on se disait au-revoir. Les restes de nourriture n'ont pas vocation à traîner sur les tables turques. Le désordre n'épouse pas l'esprit du pays. Malgré mes efforts, Murat ne m'avait pas cru. « Tu as feint de ne rien savoir du sabotage des installations sonores de l'appel à la prière dans les mosquées de Beşiktaş, alors que tu savais », a-t-il insinué.

Oui, je savais. Murat n'est pas un ami. Je n'ai pas confiance en lui. Il veut s'emparer de mes biens. Je ne peux pas faire comme si je me sentais à l'aise. Qu'il tire les conséquences qu'il veut. Sinan et même Hakan sont différents. Je crois en leur amitié. S. n'a pas reparlé du sabotage. Avec lui je ne me sens pas jugé. Murat est sans pitié, aussi dur, intransigeant que les dirigeants de son pays. Sur le chemin du retour, avant d'arriver à Fener, on tomba sur Despina. Non sans véhémence, elle cherchait à refourguer je ne sais quelle antiquité à un client dans la rue. Dès qu'elle nous vit, elle s'arrêta net.

« On en reparlera, Emre bey. Je ne vais pas baisser le prix davantage, n'y comptez pas.

— Je passerai à la boutique, la semaine prochaine, d'accord ? fit-il avec l'espoir d'en finir la tête haute.

— D'accord, Emre bey ».

L'acheteur s'éloigna dans la rue Vodina. Despina éclata de rire. « Vous m'avez sauvé ! La semaine prochaine, il paiera le prix que je veux. Comment ça va ? dit-elle en s'adressant à Sinan.

— Bien, et vous ?

— On s'est vus à l'église bulgare, n'est-ce pas.

— Enchanté.

— Enchantée ».

Elle portait un grand châle mauve enroulé autour d'elle. Elle était pressée. Ses sœurs l'attendaient pour vider un appartement dont l'occupant venait de mourir. L'héritière qui vivait à Thessalonique avait fait appel aux dernières Grecques de Fener versées dans la brocante. Mon téléphone vibra.

« Je te le dis, Danilo, bientôt il ne restera plus que nous, les filles Ruset.

— Mariez-vous, m'écriai-je. Faites des enfants.

— Je ne demande que ça. J'ai bon espoir du côté d'Eléa. Ça ne devrait pas tarder.

— Et Petra ?

— Elle ne veut pas en entendre parler. C'est l'aînée ! Je file, Danilo. Elles m'attendent !

— Bonne chance, Despina. Au revoir.

— Merci. Et bravo pour ton commentaire sur le sabotage, l'autre jour. Qu'est-ce que j'ai pu rire !

— Merci ».

Le numéro inconnu qui avait tenté de me joindre m'intriguait. Je décidai de rappeler.

« Danilo Brankovic à l'appareil. Vous avez essayé de…

— Je suis près de chez vous. Je peux passer ?

— Vous êtes ?

— Je suis un collègue d'Ahmet Yılmaz, vous vous souvenez ?

— A quelle heure voulez-vous passer ?

— Maintenant ? »

Ce n'était pas exactement une question. Il laissa traîner la fin du mot pour m'en donner l'illusion. Je sentis que je n'avais pas le choix.

« J'y serai dans cinq minutes ».

Quand je parvins à proximité de mon domicile, dans la rue du hammam, trois hommes m'attendaient. La rue était bloquée par deux voitures banalisées au milieu de la chaussée.

« Que se passe-t-il ? fit Sinan. Il y a eu un accident ?

— Non ».

Le comité d'accueil comprenait trois individus. Je n'en connaissais aucun.

« J'aime pas ça », dis-je.

Un des trois hommes se dirigea vers nous. Sinan fit un pas sur le côté.

« Veuillez nous suivre. Vous, uniquement ».

L'un des deux autres ouvrit la portière arrière du premier véhicule.

« Pourquoi ? »

J'eus à peine le temps de saluer mon ami. Je le revois, les bras ballants, le regard fixe. Une fois dans la voiture, je me suis retourné et je l'ai aperçu, immobile, sur le trottoir.

« Où allons-nous ? » demandai-je.

Pas de réponse. La deuxième voiture nous suivait.

Va-t-on traverser le Bosphore ? On longea la mer de Marmara par l'avenue Kennedy. J'aperçus la terrasse d'un des restaurants de poissons où je me rends souvent en fin de semaine. Il y a environ deux mois, j'y ai mangé des calamars grillés, ils étaient un peu durs, je me suis plaint auprès du serveur qui s'est confondu en excuses. Les calamars exigent une cuisson particulière, comment ont-ils pu la rater à ce point ? Tout le goût qu'on leur attribue avait disparu.

On roula longtemps. On me conduisit loin dans la ville, un endroit où je n'avais jamais mis les pieds, après l'ancien aéroport Atatürk. Une rue déserte, peut-être une impasse, avec des terrains vagues. Dans un immeuble délabré on prit l'ascenseur jusqu'au cinquième. Ils me firent entrer dans une pièce aux murs jaunâtres. Un homme était assis derrière l'un des bureaux. Il buvait du thé en consultant la page d'un dossier qui était devant lui. Il avait environ cinquante ans. Il m'inspira d'emblée une forte antipathie. Et de la crainte. Deux des trois policiers qui m'avaient arrêté se tenaient debout derrière moi. L'homme se présenta et après quelques circonvolutions attaqua : « Vous vous êtes réjoui du sabotage de l'appareil de diffusion de la mosquée à Beşiktaş.

— Je ne me suis pas réjoui.

— Vous l'avez écrit.

— Pas exactement.

— Vous avez écrit, attendez que je retrouve les mots exacts : Bravo les gars, vive Beşiktaş. Et vous ne parliez pas de l'équipe de foot, n'est-ce pas. Vous avez ajouté : on en veut d'autres. D'autres, quoi, monsieur Danilo ? Éclairez-nous.

— D'autres blagues. Il s'agit d'une grosse blague, non ? Je n'ai pas pris ce sabotage au sérieux. Il ne s'agit que d'une chanson. Italienne, qui plus est ».

Il enleva et posa ses lunettes sur le bureau.

« Nous ne prenons pas du tout ça à la légère, comme vous semblez le faire. Vous encouragez de façon claire et délibérée d'autres groupuscules à recommencer ailleurs. On en veut d'autres, avez-vous écrit. De quoi s'agit-il sinon une incitation au terrorisme, monsieur Danilo ? Nous avons appris un tas de choses sur vous en l'espace de quelques jours ».

Pourquoi toujours m'appellent-ils par mon prénom ?

« La vérité c'est que vous cherchez un prétexte pour me faire des histoires. Je suis un gars tranquille. Tout est parti d'une conversation malheureuse que j'ai eue avec quelqu'un qui m'a trahi dans une compagnie aérienne. Et ce prétexte, vous croyez maintenant l'avoir trouvé parce que j'ai fait une blague de potache.

— Vous vous êtes réjoui, oui ou non ?

— Oui.

— Ce n'est pas ça qui est le plus grave. Après tout, c'est votre droit. Et vous n'êtes pas le seul. La joie est un sentiment légitime. Ce qui nous intéresse c'est le sabotage lui-même. Vos petits délires sur les réseaux sociaux n'ont aucun intérêt pour nous, considéré la faiblesse du nombre de gens qui vous suivent. Ça n'a strictement aucun intérêt. Pour nous vous êtes un minus, un zéro ».

Je n'ai jamais dans toute ma vie été très sensible aux insultes directes sur ma personne. J'y ai été préparé dès l'école primaire où je me faisais régulièrement charrier pour un oui pour un non. Mon nom qu'on déformait, et pire, mon accent qu'on moquait. J'ai appris à encaisser les coups.

« Vraiment un zéro, reprit-il.

— C'est bon.

— Vous êtes un zéro.

— J'ai compris, ça va.

— Vous avez compris ? »

Il se leva, approcha sa main de mon visage et me gifla violemment. Il recommença à plusieurs reprises. Ma joue était brûlante. Il avait une force incroyable dans le bras.

« Vous avez compris maintenant ? Reprenons ».

Je revis comme un flash la cour d'école de mon enfance. Du deuxième ou troisième rang un camarade me menaçait souvent en se retournant vers moi en classe, il tirait sur son menton pour me faire peur. J'étais terrifié. Je n'ai plus jamais revu quiconque faire ce geste. Il voulait dire par là qu'il me détestait et que, s'il le pouvait, il me tuerait. Au lieu de descendre le doigt sur sa gorge, ce qui aurait alerté le maître, il raccourcissait le geste en jouant avec son menton. Dans la cour il n'essayait pas de s'approcher de moi. Il répétait le geste pendant la classe quand je m'y attendais le moins. Le menton est resté en moi la pire métaphore du harcèlement qu'on puisse subir.

« Plusieurs de vos amis nous ont parlé de vous. Murat, une Française bien connue et Hirant. Ils en connaissent un rayon sur vous. On ne peut pas dire qu'ils vous ont défendu.

— Ils ont tous les trois un point commun.

— Lequel ?

— Ils sont jaloux.

— Jaloux ? Jaloux de vous ? Vous êtes sûr ? »

Son ton sarcastique ne me troubla pas.

« Ils me connaissent mal.

— J'en viens à l'essentiel. Vous avez fréquenté un groupe de rock alternatif…

— Il y a longtemps.

— Il y a longtemps ? Pas si longtemps, il semble, monsieur Brankovic, d'après vos amis. Les membres revendiquent un esprit que sans doute vous appelleriez potache mais pour nous il dénote une volonté de saper notre société. Ils défendent des idées extrémistes, et plus encore.

— Je ne le savais pas.

— Comment les avez-vous connus ? Votre amie française…

— Anne-Marie ?

— Elle nous a parlé de…

— Le batteur était… »

Les coups reçus, ou la cigarette dont il m'envoyait par grands jets la fumée au visage, j'eus soudain une très forte envie de vomir.

« Votre petit ami de l'époque, c'est ça ?

— Oui.

— Il est sous les verrous.

— Pourquoi ?

— On l'accuse d'être à l'origine du sabotage avec ses complices, dont vous êtes. Vous reconnaissez le fait ? me demanda-t-il brutalement ?

— Non.

— D'après Hirant, vous avez continué à le voir après votre rupture.

— Qu'est-ce qu'il en sait ? Je n'ai jamais parlé de ces sujets avec lui.

— La Française Prigent dit la même chose. Vous le contestez ?

— J'ai continué à le voir. De façon sporadique ».

Il garda le silence un moment.

« Vous vous êtes ému auprès d'un de nos collègues de la mort de la chanteuse du groupe qui avait entamé une grève de la faim. Prigent aussi nous en a parlé.

— Je la connaissais un peu. Elle est arrivée dans le groupe bien après. Je ne l'ai rencontrée que deux ou trois fois.

— Vos insanités concernant notre pays nous sont connues, vous voulez savoir ce que j'en pense ?

— Ce n'est pas la peine ».

Il se leva et m'asséna un coup violent sur le nez.

« Vous savez profiter de notre mode de vie généreux !

— Généreux ?

— Oui, généreux. Pourquoi êtes-vous devenu ami avec des gens pareils ? Il n'y avait pas suffisamment de gens normaux autour de vous ? Murat est un type bien ».

Je gardai le silence. Je sortis un mouchoir de ma poche, le sang avait commencé à couler.

« Des Turcs blancs, vous voulez dire ? »

— Nettoyez, fit-il avec écœurement. C'est le deuxième avertissement que nous vous donnons. Il n'y en aura pas un troisième.

— Que ferez-vous au troisième ? »

Il leva à nouveau la main sur moi puis abandonna. Un des hommes dans mon dos me donna un coup sur la tête. Je me protégeai en me baissant.

« Danilo, écoutez, écoutez bien. On n'a pas besoin de gens comme vous. Si vous faites quoi que ce soit contre nos intérêts depuis la France ou n'importe où, reprit-il, on vous poursuivra, on vous trouvera, on se débarrassera de vous. Les minus comme vous, nos services savent comment les traiter ».

46

Le minus fut relâché peu après. Il marcha quelques minutes dans les rues d'un quartier qu'il ne connaissait pas avant d'apercevoir un taxi. Malgré mon air hagard et les traînées de sang entre ma lèvre supérieure et le nez, le chauffeur n'hésita pas à s'arrêter.

« Vous allez où ?

— Fatih.

— Montez ».

On roula quelques minutes.

« Vous venez du Centre ?

— Oui.

— Ça se voit.

— Ça se voit ? »

Il haussa les épaules et sourit dans le rétroviseur.

« Vous avez tous le même regard quand vous sortez de là-dedans. J'ai l'habitude. Ils font des interrogatoires musclés ».

Quelques mois passèrent. Ma situation sembla s'arranger. Je ne fis plus aucun commentaire à connotation radicale, même le jour, c'était le 10 juillet, je crois, un vendredi, où ils décidèrent de transformer Aya Sofia, la basilique byzantine, en mosquée. Mon ancien prof de l'université religieuse a dû être soulagé. C'est elle qui avait eu raison. Elle avait devancé la décision des autorités. Est-ce à cause de l'écœurement, ou de la peur ? Je me tus, cette fois. Quelque chose s'était brisé. Et la lassitude, aussi. Pourquoi ne pas les laisser gagner ? Leur bêtise était monumentale. Autant que leur génie de la propagande. Sur ordre discret de la présidence, ils avaient envoyé un commando de croyants sur place, face à la basilique, pour célébrer leur victoire. Avec eux tout était combat. Ils ne connaissaient rien d'autre. Face à la haine dont ils faisaient preuve en la déguisant, mes moyens étaient faibles. J'avais atteint mes limites. Je ne sais pas si je suis un minus, mais la probabilité que j'en sois un face à la monstruosité d'un pouvoir (et derrière lui, une nation) sans indulgence n'est pas négligeable.

Un matin ensoleillé, je pris une sage décision. Je l'avais retardée alors qu'elle traînait dans ma tête depuis des mois. Un agent immobilier se déplaça depuis Beşiktaş et me fit signer un mandat de vente.

« Ça prendra combien de temps ?

— Vous êtes pressé ? »

Je l'étais d'autant moins que je n'avais rien décidé de la suite. Que ferai-je de ma vie après toutes ces années passées dans une ville que j'ai tant aimée avant d'en détester chaque pierre, chaque ruelle, chaque souvenir ?

« Alors c'est décidé ? Tu nous quittes ? Tu es sûr ? fit Despina que j'avais rejoint chez elle pour la mettre au courant. Les filles, notre ami s'en va.

— Un de plus, fit Petra.

— Si encore… reprit Eléa.

— Si encore quoi ? questionna Despina.

— Personne ne remplacera Danilo ».

Ça fait du bien de savoir qu'on sera regretté, même s'il ne s'agit que de mots.

« Pourquoi pars-tu ? reprit Despina, la voix grave.

— Si je reste, je recommencerai. Je ne pourrai pas m'en empêcher. Dans un mois, dans six mois. Ce pays exacerbe ma rébellion.

— Tu veux parler du sabotage ?

— C'est de l'histoire ancienne maintenant. Je les ai soutenus. Je n'ai pas participé à la logistique, c'est ce qui m'a sauvé, mais je savais ce qu'ils préparaient. On en avait parlé.

— À moi tu n'as rien dit.

— Tu aurais dit quelque chose, toi ? J'ai fait semblant de croire que je n'y étais pour rien. Je m'en suis convaincu. Par peur. Le gouvernement m'a laissé une chance. Ils savent le rôle que j'ai joué. Cette chance, il vaut mieux que je la saisisse en partant. Je n'en aurai pas une autre. Et puis, Despina, tu vois, je vieillis. Je ne veux pas finir comme un vieux militant. J'ai toujours dit que je n'étais pas un radical. J'ai juste voulu m'opposer à l'injustice de l'Histoire. Et maintenant, Yusuf est en prison. Combien de temps vont-ils le garder… »

Petra m'interrompit. « Qui est Yusuf ? »

Despina haussa les épaules.

« Tu ne fais pas attention, ma chérie. Je t'ai expliqué hier.

— Le batteur ?

— Danilo'cim, pardon de t'avoir interrompu.

— Il va écoper de cinq ans peut-être. Je n'ai pas envie d'être ici à sa sortie.

— Tu pars à cause d'eux ? »

Je savourai le « à cause d'eux ».

« Les torts sont des deux côtés.

— Comme d'habitude ».

Je partais pour incompatibilité. Un échec retentissant qui bientôt peut-être me ferait sourire. Il n'allait pas m'empêcher de continuer à me lever chaque matin et à essayer de vivre le mieux possible dans un cadre plus adapté à mon tempérament. Il n'existait aucun lieu idéal qui comblerait à long terme mes désirs. Tous réveilleraient, un jour ou l'autre, le soupçon. De tous je me méfiais. De l'Inde au Vietnam en passant par Miami et Alger. Mais celui que je quittais avait joué sur une partition nationale avec un peu trop d'insistance, dans tous les domaines, jusqu'au culinaire, sans la moindre tolérance ni douceur à l'égard d'humains façonnés dans un autre moule.

« Je te sens triste, reprit Despina en tapotant ma main. Ils ne méritent pas ta tristesse, crois-moi. Ils se repaissent de leurs principes, de leurs croyances. Ils se donnent tous les droits. C'est pas la vie, ça !

— Tu as raison, c'est pas la vie. Despina, écoute-moi. Je vais te faire rire…

— Les filles !

— Quoi ? s'inquiéta Eléa.

— J'ai envie de partir moi aussi.

— Pourquoi, Despina, ma sœur chérie ? »

Elle se mit à pleurer.

« Tout est si dur. Si cruel ».

Voyant sa sœur pleurer, Eléa fit pareil. Seule Petra garda ses yeux secs.

« Ne pleurez pas, dis-je alors que j'étais moi-même au bord des larmes.

— Je pleure pour Ste-Sophie, s'écria soudainement Despina, à la surprise générale.

— Ah oui ? Moi aussi, ajouta Eléa. Ils n'auraient jamais dû.

— C'est tout ce que tu trouves à dire ? »

J'en oubliai ce que je voulais dire. Ils s'étaient vengés de Bella Ciao et rendaient coup pour coup.

« Moi aussi je pleure pour Ste-Sophie, dis-je. On n'y mettra plus les pieds. Ils sont écœurants, mais attendez, je voulais vous faire rire.

— Nous faire rire ? reprit Despina en s'essuyant les yeux.

— Oui ».

Après tout, on n'allait pas perdre le moral ni l'espoir à cause d'imbéciles déloyaux qui se vautraient avec complaisance dans leurs certitudes.

« Dis-nous.

— Je me faisais la réflexion ce matin, alors que je me trouvais dans un café.

— Oui ?

— Comment peut-on avoir confiance dans un pays où on vous arrache votre verre de thé avant même que vous l'ayez fini ? »

Ma blague favorite. Longtemps après mon départ j'entendis les rires de Despina et de ses sœurs. Je ne sais pas ce qu'elles sont devenues, mais souvent, très souvent, je pense à elles.

Les Éditions Most s'engagent pour la préservation de l'environnement en utilisant du papier fabriqué à partir de bois en provenance de forêts gérées de manière responsable.

Imprimé en Allemagne
ISBN 978-2-9602569-8-7

D/2021/14963/01